ME

EMMANUEL BOVE

Mes amis

ROMAN

Postface de François-Henri Désérable

LE LIVRE DE POCHE

ISBN : 978-2-253-10045-4 – 1re publication LGF

I

Quand je m'éveille, ma bouche est ouverte. Mes dents sont grasses : les brosser le soir serait mieux, mais je n'en ai jamais le courage. Des larmes ont séché aux coins de mes paupières. Mes épaules ne me font plus mal. Des cheveux raides couvrent mon front. De mes doigts écartés je les rejette en arrière. C'est inutile : comme les pages d'un livre neuf, ils se dressent et retombent sur mes yeux.

En baissant la tête, je sens que ma barbe a poussé : elle pique mon cou.

La nuque chauffée, je reste sur le dos, les yeux ouverts, les draps jusqu'au menton pour que le lit ne se refroidisse pas.

Le plafond est taché d'humidité : il est si près du toit. Par endroits, il y a de l'air sous le papier-tenture. Mes meubles ressemblent à ceux des brocanteurs, sur les trottoirs. Le tuyau de mon petit poêle est bandé avec un chiffon, comme un genou. En haut de la fenêtre, un store qui ne peut plus servir pend de travers.

En m'allongeant, je sens contre la plante des pieds – un peu comme un danseur de corde – les barreaux verticaux du lit-cage.

Les habits, qui pèsent sur mes mollets, sont plats, tièdes d'un côté seulement. Les lacets de mes souliers n'ont plus de ferrets.

Dès qu'il pleut, la chambre est froide. On croirait que personne n'y a couché. L'eau, qui glisse sur toute la largeur des carreaux, ronge le mastic et forme une flaque, par terre.

Lorsque le soleil, tout seul dans le ciel, flamboie, il projette sa lumière dorée au milieu de la pièce. Alors, les mouches tracent sur le plancher mille lignes droites.

Chaque matin, ma voisine chante sans paroles en déplaçant des meubles. Sa voix est amortie par le mur. J'ai l'impression de me trouver derrière un phonographe.

Souvent, je la croise dans l'escalier. Elle est crémière. À neuf heures, elle vient faire son ménage. Des gouttes de lait tachent le feutre de ses pantoufles.

J'aime les femmes en pantoufles : les jambes n'ont pas l'air défendues.

En été, on distingue ses tétons et les épaulettes de sa chemise, sous le corsage.

Je lui ai dit que je l'aimais. Elle a ri, sans doute parce que j'ai mauvaise mine et que je suis pauvre. Elle préfère les hommes qui portent un uniforme.

On l'a vue, la main sous le ceinturon blanc d'un garde républicain.

Un vieillard occupe une autre chambre. Il est gravement malade : il tousse. Au bout de sa canne, il y a un morceau de caoutchouc. Ses omoplates font deux bosses dans son dos. Une veine en relief court sur sa tempe, entre la peau et l'os. Son veston ne touche plus les hanches : il ballotte comme si les poches étaient vides. Ce pauvre homme gravit les marches une à une, sans lâcher la rampe. Dès que je l'aperçois, j'aspire le plus d'air possible afin de le dépasser sans reprendre haleine.

Le dimanche, sa fille lui rend visite. Elle est élégante. La doublure de son manteau ressemble au plumage d'un perroquet. C'est tellement beau que je me demande si ce manteau n'est pas à l'envers. Quant au chapeau, il a une grande valeur puisque, pour lui, quand il pleut, elle prend un taxi. Cette dame sent le parfum, le vrai parfum, pas celui qui se vend dans des tubes de verre.

Les locataires de ma maison la détestent. Ils disent qu'au lieu de mener la grande vie, elle ferait mieux de tirer son père de la misère.

La famille Lecoin habite aussi sur le palier.

Au petit jour une sonnerie fonctionne sur son réveil.

Le mari ne m'aime pas. Pourtant, je suis poli avec lui. Il m'en veut de ce que je me lève tard.

Ses habits de travail roulés sous le bras, il rentre chaque soir, vers sept heures, en fumant une cigarette de tabac anglais – ce qui fait dire aux gens que les ouvriers gagnent bien leur vie.

Il est grand et musclé. Avec un compliment on peut se servir de sa force. L'année dernière, il a descendu la malle d'une dame du troisième, assez difficilement, il est vrai, car le couvercle ne fermait pas.

Lorsqu'une personne lui parle, il la dévisage, parce qu'il s'imagine qu'elle veut se moquer de lui. Au moindre sourire, il dit :

— Vous savez... quatre ans de guerre... moi. Les Allemands ne m'ont pas eu... Ce n'est pas aujourd'hui que vous m'aurez...

Un jour, en passant près de moi, il a murmuré : « Fainéant ! » J'ai pâli et n'ai su que répondre. La peur d'avoir un ennemi m'empêcha de dormir pendant une semaine. Je me figurais qu'il cherchait à me frapper, qu'il m'en voulait à mort.

Pourtant, si M. Lecoin savait comme j'aime les travailleurs, comme leur vie me fait pitié. S'il savait ce que ma petite indépendance me coûte de privations.

Il a deux filles qu'il bat seulement avec la main, pour leur bien. Elles ont des tendons derrière les genoux. Un élastique maintient leur chapeau.

J'aime les enfants, aussi quand je rencontre ces deux gamines, je leur adresse la parole. Alors, elles marchent à reculons, et, subitement, sans me répondre, elles se sauvent.

Chaque mardi, Mme Lecoin lave sur le palier. Le robinet coule toute la journée. À mesure que les brocs s'emplissent, le bruit change. Le jupon de Mme Lecoin est démodé. Son chignon est si maigre que l'on distingue toutes les épingles à cheveux.

Souvent elle fixe son regard sur moi, mais je me méfie, car il serait très vraisemblable qu'elle me tendît un piège. D'ailleurs, elle n'a pas de seins.

À peine sorti des draps, je m'assois sur le bord du lit. Mes jambes pendent à partir du genou. Les pores de mes cuisses sont noirs. Les ongles de mes doigts de pied, longs et coupants : un étranger les trouverait laids.

Je me lève. La tête me tourne, mais ce vertige disparaît rapidement. Quand il y a du soleil, un nuage de poussière, échappé du lit, brille une minute dans les rayons, comme de la pluie.

D'abord, je mets mes chaussettes, sinon des allumettes se colleraient à la plante de mes pieds. En tenant une chaise, je revêts mon pantalon.

Avant de me chausser, j'examine les semelles de mes souliers pour leur assigner une certaine durée.

Ensuite, je pose sur le seau de toilette ma cuvette graduée par l'eau sale de la veille. J'ai la manie de me laver courbé, les jambes écartées, la bretelle tenant aux boutons de derrière seulement. Au régiment, je me lavais ainsi dans le bouteillon étroit de la soupe. Ma cuvette est si petite qu'en y plongeant les deux mains à la fois l'eau déborde. Mon savon ne mousse plus : il est si mince.

La même serviette me sert pour la figure et les mains. Si je devenais riche, ce serait la même chose.

Une fois lavé, je me sens mieux. Je respire du nez. Mes dents sont distinctes. Mes mains resteront blanches, jusqu'à midi.

Je mets mon chapeau. Les bords en sont gondolés par la pluie. Le nœud du ruban est à la mode : il se trouve derrière.

J'accroche ma glace à la fenêtre. J'aime à me regarder en face, à la lumière. Je me trouve mieux. Mes pommettes, mon nez, mon menton sont éclairés. Une ombre noircit le reste. On dirait que je suis photographié au soleil.

Il ne faudrait pas que je m'éloignasse du miroir, car celui-ci est de mauvaise qualité. À distance, il déforme mon image.

J'examine soigneusement mes narines, le coin de mes yeux, mes molaires. Celles-ci sont cariées. Elles ne tombent pas : elles se cassent. À l'aide d'une autre glace je surprends mon profil. Alors, j'ai l'impression d'être dédoublé. Les acteurs de cinéma doivent connaître cette joie.

Puis, j'ouvre ma fenêtre. La porte remue. Une gravure 1914-1918 clapote contre le mur. J'entends des tapis qu'on secoue, je vois des toits de zinc bleus, des cheminées, une brume qui bouge quand un rayon de soleil la traverse, et la tour Eiffel avec son ascenseur au milieu.

Avant de sortir, je jette un coup d'œil sur ma chambre. Mon lit est déjà froid. Quelques plumes sortent à demi de l'édredon. Il y a des trous pour les barreaux, dans les pieds de ma chaise. Les deux segments d'une table ronde pendent.

Ce mobilier m'appartient. Un ami m'en a fait cadeau avant de mourir. Je l'ai désinfecté moi-même, avec du soufre, car je crains les maladies contagieuses. Malgré cette précaution, longtemps j'ai eu peur. Je veux vivre.

J'endosse mon pardessus, assez difficilement, car la doublure des manches en est décousue.

Je mets mon livret militaire, ma clef, mon mouchoir sale qui craque quand je le déploie, dans la poche gauche. J'ai une épaule plus haute que l'autre : le poids de ces objets doit rabaisser celle-là.

La porte ne s'ouvre pas entièrement. Pour sortir je me boutonne et passe de biais.

Le carrelage du palier est fendu. Une lame de fer, avec trois trous, pend au vasistas. La rampe finit dans le mur, sans boule de verre.

Je descends l'escalier le long du mur, là où les marches sont plus larges. Afin que mes mains ne se salissent pas, je ne tiens pas la rampe. Des trousseaux de clefs ballottent aux serrures.

Je suis léger comme au premier jour de sortie sans pardessus. L'eau de ma cuvette mouille encore mes cils et le fond de mes oreilles. Je plains ceux qui dorment.

Je vois toujours la concierge. Elle a mis les paillassons sur la rampe pour balayer un palier, ou bien, avec une brosse jaune, elle frotte un corridor. Je lui dis bonjour. Elle me répond à peine, en regardant mes souliers.

Elle voudrait être seule dans la maison, après huit heures.

II

J'habite à Montrouge.

Les immeubles neufs de ma rue sentent encore la pierre sciée.

Ma maison, elle, n'est pas neuve. Le plâtre de la façade tombe par morceaux. Des barres d'appui traversent les fenêtres. Le toit sert de plafond au dernier étage. Un crochet retient chaque volet au mur, quand il ne vente pas. L'architecte n'a pas gravé son nom au-dessus du numéro.

Le matin, la rue est calme. Une concierge balaie, devant sa porte seulement.

En passant près d'elle je respire du nez, à cause de la poussière.

Par les fenêtres entrebâillées, j'épie les rez-de-chaussée. Je vois des plantes vertes qui viennent d'être arrosées, des douilles d'obus rutilantes et des lames de parquet étroites, cirées, qui font des zigzags.

Quand mon regard rencontre celui d'un locataire, je suis gêné.

Parfois, un linge blanc bouge derrière un rideau, à hauteur d'homme : quelqu'un se lave.

Je prends mon café, à côté de chez moi, dans un estaminet. Le zinc du comptoir est ondulé, au bord. On devine l'âge du bois sur le plancher lavé à l'eau claire. Un phonographe, qui marchait avant la guerre, est tourné vers le mur. On se demande ce qu'il fait là, puisqu'il ne fonctionne pas.

Le patron est aimable. Il est petit comme un soldat en queue de section. Il a un œil de verre qui imite si bien l'œil vrai, que je ne sais jamais quel est le bon – ce qui est ennuyeux. Il me semble qu'il se vexe quand je regarde son œil faux.

Il m'a assuré qu'il avait été blessé à la guerre : pourtant, on dit qu'il était déjà borgne en 1914.

Le brave homme se plaint continuellement. Le commerce ne va plus. Il a beau essuyer les verres devant les clients ; il a beau dire : « Merci, monsieur ; au revoir, monsieur ; laissez la porte », personne ne vient.

Il voudrait que la guerre fût oubliée. Il regrette l'année 1910.

À cette époque, paraît-il, les gens étaient honnêtes, sociables. L'armée avait de l'allure. On pouvait faire du crédit. On s'intéressait aux problèmes sociaux.

Quand il parle de tout cela, ses deux yeux – le vrai et le faux – se mouillent et ses cils s'unissent par petites mèches.

L'avant-guerre a sombré si vite qu'il ne peut croire qu'elle n'est plus qu'un souvenir.

Nous aussi, nous abordons les problèmes sociaux. Il y tient. C'est la preuve, pour lui-même, que la guerre ne l'a pas changé.

Il me certifie, chaque jour, qu'en Allemagne, pays mieux organisé que le nôtre, les mendiants n'existent pas. Les ministres français devraient interdire la mendicité.

— Mais elle est interdite !

— Allons donc ! Et tous ces gueux qui vendent des lacets ! Ils sont plus riches que vous et moi.

Comme je n'aime pas les disputes, je me garde bien de répondre. J'avale mon café, qu'une goutte de lait a rendu marron, je paie et je sors.

— À demain ! crie-t-il en plaçant ma tasse encore chaude sous un filet d'eau qu'on ne peut arrêter qu'à la cave.

Plus loin, se trouve une épicerie.

Le patron me connaît. Il est si gras que son tablier est plus court devant que derrière. On voit la peau sous ses cheveux en brosse. Sa moustache « à l'américaine » lui bouche les narines et doit l'empêcher de respirer du nez.

Devant son magasin, il y a un étalage étroit – c'est plus prudent – composé de sacs de lentilles, de pruneaux et de bocaux de bonbons. Pour servir, il sort, mais il pèse à l'intérieur.

Jadis, quand il se tenait sur le pas de la porte, nous causions. Il me demandait si j'avais trouvé quelque chose, ou bien il m'assurait que ma mine était excellente. Puis, il rentrait en me faisant avec la main un signe qui signifiait : « À une autre fois. »

Un jour, il me pria de lui aider à porter une caisse. J'aurais volontiers consenti, mais j'ai toujours craint les hernies.

Je refusai en balbutiant :

— Je ne suis pas fort, je suis un grand blessé.

Depuis cet incident, il ne m'adresse plus la parole.

Il y a aussi une boucherie dans ma rue.

Des quartiers de viande pendent par un tendon à des crochets argentés. L'établi est usé au milieu comme une marche. Des filets de bœuf liés saignent sur du papier jaune. La sciure se colle aux pieds des clients. Les poids fourbis sont alignés par ordre de grandeur. Il y a une grille comme si on craignait que la viande ne s'échappât.

Le soir, je vois, au travers de cette grille peinte en rouge, des plantes vertes sur le marbre nu de la devanture.

Le patron de cette boucherie ne se souvient pas de moi : je n'ai acheté que quatre sous de déchets pour un chat galeux, l'année dernière.

La boulangerie est bien tenue. Chaque matin, une jeune fille lave la devanture. Des filets d'eau suivent la pente du trottoir.

Au travers de la vitrine, on voit la boutique tout entière, avec ses glaces, ses boiseries Louis XV et ses gâteaux sur des assiettes de fil de fer.

Bien que cette boulangerie ne soit fréquentée que par des gens aisés, je fais partie de sa clientèle – le pain coûtant partout le même prix.

Souvent, je m'arrête devant une mercerie où les gamins du quartier achètent des amorces.

Dehors, sur une table, il y a des journaux pliés dont on ne peut lire que la moitié du titre.

Seul *L'Excelsior* pend comme une nappe.

Je regarde les images. Les clichés trop grands représentent toujours la même chose : un ring, un revolver avec ses douilles.

Dès que la mercière me voit arriver, elle sort de sa boutique. Une odeur de jouets peints et de coton neuf l'accompagne.

Elle est maigre et vieille. Les verres de ses lunettes ressemblent à des loupes. Un filet de bonne d'enfant emprisonne son chignon sec. Les lèvres sont rentrées dans sa bouche et n'en sortent plus. Son tablier noir moule un ventre qui n'est pas à sa place. Pour changer cinq francs, elle disparaît dans l'arrière-boutique.

Je lui demande comment elle se porte.

Ce serait trop impoli de ne pas me répondre ; aussi elle branle la tête. La porte qu'elle a laissée ouverte me fait comprendre qu'elle attend mon départ.

Un jour, j'ai soulevé le journal pour lire de petits caractères.

Elle m'a dit d'un ton mauvais :

— Il coûte trois sous.

J'eus envie de lui apprendre que j'avais fait la guerre, que j'étais gravement blessé, que j'avais la médaille militaire, que je touchais une pension, mais je compris tout de suite que c'était inutile.

En partant, j'ai entendu la porte qui se refermait avec un bruit de garde-boue.

Je suis obligé de passer devant la laiterie où travaille ma voisine. Cela m'ennuie, car celle-ci a certainement ébruité ma déclaration d'amour. On doit se moquer de moi.

Aussi je marche vite, discernant, dans un coup d'œil, des mottes de beurre striées par un fil, des paysages sur les couvercles de camembert et un filet sur les œufs, à cause des voleurs.

III

Quand le luxe me fait envie, je vais me promener autour de la Madeleine. C'est un quartier riche. Les rues sentent le pavé de bois et le tuyau d'échappement. Le tourbillon qui suit les autobus et les taxis me soufflette la face et les mains. Devant les cafés, les cris que je perçois une seconde semblent sortir d'un porte-voix qui tourne. Je contemple les automobiles arrêtées. Les femmes parfument l'air derrière elles. Je ne traverse les boulevards que lorsqu'un agent interrompt la circulation.

Je m'imagine que, malgré mes habits usés, les gens attablés, aux terrasses, me remarquent.

Une fois, une dame, assise devant une théière minuscule, m'a toisé.

Heureux, plein d'espoir, je suis revenu sur mes pas. Mais les consommateurs ont souri et le garçon m'a cherché des yeux.

Longtemps, je me suis souvenu de cette inconnue, de sa gorge, de ses seins. Sans aucun doute, je lui avais plu.

Dans mon lit, quand j'entendais sonner minuit, j'étais certain qu'elle pensait à moi.

Ah ! comme je voudrais être riche !

Le col de fourrure de mon pardessus provoquerait l'admiration, surtout dans les faubourgs. Mon veston serait ouvert. Une chaîne en or traverserait le gilet ; une chaîne d'argent relierait ma bourse à ma bretelle. Mon portefeuille se trouverait dans ma poche revolver, comme celui des Américains. Un bracelet-montre m'obligerait à faire un geste élégant pour regarder l'heure. Je mettrais mes mains dans les poches de la veste, les pouces en dehors, et non pas, comme les nouveaux riches, aux entournures du gilet.

J'aurais une maîtresse, une actrice.

Nous irions, elle et moi, prendre l'apéritif à la terrasse du plus grand café de Paris. Pour nous faire un passage, le garçon remuerait les guéridons comme des tonneaux. Un morceau de glace flotterait dans nos verres. Le rotin des chaises ne se déroulerait pas.

Nous dînerions dans un restaurant où il y a des nappes et des fleurs sur des tiges inégales.

Elle entrerait la première. Des glaces essuyées renverraient ma silhouette cent fois, comme une lignée de becs de gaz. Quand le maître d'hôtel se courberait pour nous saluer, son plastron bomberait du ventre au col. Le violon solo reculerait, s'élancerait en avant sur un tremplin, en se balançant. Des mèches ballotteraient sur ses yeux, comme au sortir d'un bain.

Au théâtre, nous occuperions une loge. En me penchant, je pourrais toucher le rideau. De toute la salle, on nous observerait, avec des lorgnettes.

Tout d'un coup les ampoules de la rampe, derrière leur abat-jour de zinc, illumineraient la scène.

Nous apercevrions le profil des décors et, dans les coulisses, des acteurs qui ne remueraient pas les bras.

Un chanteur mondain, avec ses boutons de jais, nous lancerait un regard après chaque couplet.

Puis, une danseuse évoluerait sur la pointe du pied. Les feux jaunes, rouges, verts du projecteur qui la poursuivraient, plaqueraient mal comme le coloris d'une image d'Épinal.

Le matin, nous irions au Bois, en taxi.

Les coudes du chauffeur remueraient.

Par les vitres tressautantes des portières, nous discernerions des gens arrêtés, d'autres semblant marcher lentement.

Quand, dans un virage, le taxi en chassant nous déplacerait, nous nous embrasserions.

Une fois arrivé, je descendrais le premier, en baissant la tête, puis je tendrais la main à ma compagne.

Sans regarder le compteur, je paierais. Je laisserais la porte ouverte.

Des passants nous épieraient. Je ferais semblant de ne pas les voir.

Je recevrais ma maîtresse dans une garçonnière au rez-de-chaussée d'une maison neuve.

Des palmes plates de fer forgé protégeraient la glace de la porte de l'immeuble. Le bouton de la sonnette brillerait au milieu d'une soucoupe de bronze. Dès le seuil, on distinguerait, au fond du corridor, le bois rouge d'un ascenseur.

Le matin, j'aurais pris une douche. Mon linge sentirait le fer à repasser. Deux boutons déboutonnés de mon gilet me donneraient un air désinvolte.

Ma maîtresse arriverait à trois heures.

Je lui enlèverais son chapeau. Nous nous assiérions sur un sofa. J'embrasserais ses mains, son coude, ses épaules.

Ensuite, ce serait l'amour.

Mon amante grisée se renverserait. Ses yeux deviendraient blancs. Je dégraferais son corsage. Pour moi, elle aurait mis une chemise avec de la dentelle.

Puis, elle s'abandonnerait en murmurant des mots d'amour et en me mouillant le menton de ses baisers.

LUCIE DUNOIS

Quelquefois, je mange à la soupe populaire du Vᵉ arrondissement. Malheureusement cela ne me plaît pas car nous sommes trop nombreux. Il faut venir à l'heure. Par n'importe quel temps nous faisons la queue, le long d'un mur, sur le trottoir. Les passants nous dévisagent. C'est désagréable.

Je préfère le petit débit de vin de la rue de Seine, où l'on me connaît. La patronne s'appelle Lucie Dunois. Son nom, en majuscules d'émail, est cimenté au vitrage de la devanture. Il manque trois lettres.

Lucie a l'embonpoint d'un buveur de bière. Une bague d'aluminium – souvenir de son mari mort au front – orne l'index de sa main gauche. Ses oreilles sont molles. Ses souliers n'ont point de talon. À tous moments, elle souffle sur les cheveux échappés de son chignon. Quand elle se baisse, sa jupe se fend au derrière, comme un marron. Les pupilles ne sont pas au milieu de ses yeux : elles sont trop hautes, comme chez les alcooliques.

La salle sent le fût vide, les rats, la rinçure. Au-dessus du manchon à gaz, une hélice d'amiante ne tourne pas. À la nuit, le bec éclaire jusque sous les tables. Une affiche – Loi sur la répression de l'ivresse – est clouée au mur, bien en vue. Quelques pages dépassent la tranche imprimée d'un Bottin. Une glace tachée, grattée au verso, décore une paroi.

Je déjeune à une heure : l'après-midi me semble ainsi moins longue.

Deux maçons en blouse blanche, les joues tachetées de plâtre, boivent un café qui, par contraste, paraît bien noir.

Je m'installe dans un coin, le plus loin possible de l'entrée : je déteste m'asseoir près d'une porte. Des ouvriers ont mangé à ma place. Le papier d'un petit-suisse, des œufs vides salissent la table.

Lucie est gentille avec moi. Elle me sert une soupe qui fume de partout, du pain frais qui fait des miettes, une assiette de légumes, parfois un morceau de viande.

Le repas terminé, la graisse fige sur mes lèvres.

Tous les trois mois, lorsque je touche ma pension, je donne cent francs à Lucie. Elle ne doit pas gagner beaucoup sur moi.

Le soir, j'attends que tous les clients soient partis, car c'est moi qui ferme la gargote. J'espère toujours que Lucie me retiendra.

Une fois, elle m'a dit de rester.

Après avoir baissé le rideau de fer avec une perche, je rentrai dans l'estaminet, à quatre pattes.

Le fait de me trouver dans une boutique fermée au public me fit une impression étrange. Je ne me sentais pas chez moi.

Ma joie dispersa ces observations.

Maintenant, je lorgnais avec plus d'indulgence celle qui certainement deviendrait ma maîtresse. Elle ne devait pas plaire aux hommes, mais, tout de même, c'était une femme, avec de gros seins et des hanches plus larges que les miennes. Et elle m'aimait, puisqu'elle m'avait prié de rester.

Lucie déboucha une bouteille poussiéreuse, se lava les mains avec du savon minéral, et vint s'asseoir en face de moi.

De la graisse luisait encore sur sa bague et autour de ses ongles.

Malgré moi, je prêtais l'oreille aux bruits de la rue.

Nous étions gênés, car le but trop visible de ma présence devançait notre intimité.

— Buvons, dit-elle en essuyant le goulot de la bouteille avec son tablier.

Nous bavardâmes une heure.

Je l'aurais volontiers embrassée s'il n'avait pas fallu faire le tour de la table. Il valait mieux attendre une occasion plus favorable, surtout pour un premier baiser.

Soudain, elle me demanda si je connaissais sa chambre.

Je répondis naturellement :

— Non.

Nous nous levâmes. Un frisson me fit serrer les coudes. Avant de tirer la chaînette du manchon à gaz, elle alluma une bougie. Les gouttes de cire, qui tombèrent sur ses doigts, durcirent aussitôt. Elle les fit sauter avec un ongle, sans les casser.

La flamme de la bougie vacilla dans la cuisine, puis s'aplatit lorsque nous gravîmes l'escalier, raide comme une échelle, qui conduisait à sa chambre.

Le cerveau vide, je la suivis, marchant instinctivement sur la pointe du pied.

Elle baissa le chandelier pour éclairer le trou d'une serrure, puis elle ouvrit la porte.

Les volets de sa chambre étaient fermés et, sans doute, l'avaient été toute la journée. La literie pendait au dossier d'une chaise. On voyait les raies rouges du matelas. L'armoire était entrebâillée. Je pensais que les économies de Lucie devaient se trouver là, sous une pile de linge. Par délicatesse, je regardai ailleurs.

Elle me présenta les agrandissements photographiques ornant les murs, puis elle s'assit sur le lit. Je la rejoignis.

— Comment trouvez-vous ma chambre ?

— Très bien.

Subitement, comme pour l'empêcher de tomber, je l'étreignis. Elle ne se défendit pas. Encouragé par cette attitude, je l'embrassai mille fois, tout en la déshabillant d'une main. J'aurais voulu, à l'instar des grands amoureux, arracher les boutonnières, déchirer son linge, mais la crainte qu'elle me fît une observation me retint.

Bientôt, elle se trouva en corset. Les buscs en étaient tordus. Un lacet liait son dos. Les seins se touchaient.

Je dégrafai ce corset en tremblant. La chemise adhéra un instant à la taille, puis tomba.

Je l'ôtai avec difficulté, car le col étroit ne passait pas aux épaules. Je ne lui laissai que les bas, parce qu'à mon avis c'est plus joli. D'ailleurs, sur les journaux, les femmes déshabillées ont toutes des bas.

Enfin, elle apparut nue. Ses cuisses débordaient au-dessus des jarretières. La colonne vertébrale bosselait la peau, aux reins. Elle était vaccinée sur les bras.

Je perdis la tête. Des frissons, semblables à ceux qui secouent les jambes des chevaux, me coururent le long du corps.

Le lendemain matin, vers cinq heures, Lucie m'éveilla. Elle était déjà habillée. Je n'osais la regarder car, à l'aube, je ne suis pas beau.

— Dépêche-toi, Victor, il faut que je descende.

Quoique à demi endormi, je compris tout de suite qu'elle ne voulait pas me laisser seul dans sa chambre : elle n'avait pas confiance en moi.

Je me vêtis à la hâte et, sans me laver, je la suivis dans l'escalier.

Elle ferma sa porte à clef.

— Va lever le rideau de fer.

Je m'exécutai, puis je m'assis, espérant qu'elle m'offrirait une tasse de café.

— Tu peux partir, les clients vont arriver.

Bien qu'elle fût maintenant ma maîtresse, je m'en allai, sans rien demander.

Depuis, quand je viens manger, elle me sert comme d'habitude, ni plus ni moins.

HENRI BILLARD

I

La solitude me pèse. J'aimerais à avoir un ami, un véritable ami, ou bien une maîtresse à qui je confierais mes peines.

Quand on erre, toute une journée, sans parler, on se sent las, le soir dans sa chambre.

Pour un peu d'affection, je partagerais ce que je possède : l'argent de ma pension, mon lit. Je serais si délicat avec la personne qui me témoignerait de l'amitié. Jamais je ne la contrarierais. Tous ses désirs seraient les miens. Comme un chien, je la suivrais partout. Elle n'aurait qu'à dire une plaisanterie, je rirais ; on l'attristerait, je pleurerais.

Ma bonté est infinie. Pourtant, les gens que j'ai connus n'ont pas su l'apprécier.

Pas plus Billard que les autres.

J'ai connu Henri Billard dans un rassemblement, devant une pharmacie.

Les rassemblements de la rue me causent toujours une appréhension. La crainte de me trouver devant un cadavre en est la raison. Cependant, un besoin qui n'est pas de la curiosité commande à mes pieds. Prêt à fermer les yeux, je me fraie un passage, malgré moi. Aucune exclamation des badauds ne m'échappe : j'essaie de savoir avant de regarder.

Un soir, vers six heures, je me trouvais dans un attroupement, si près de l'agent qui le maintenait, que je discernais le bateau de la ville de Paris sur ses boutons argentés. Comme en tous les lieux où l'on se groupe, des gens poussaient par-derrière.

Dans la pharmacie, à côté de la bascule, un homme était assis, sans connaissance, les yeux ouverts. Il était si petit que sa nuque reposait sur le dossier de la chaise et que ses jambes pendaient comme une paire de bas qui sèche, la pointe vers le sol. De temps en temps, ses pupilles faisaient le tour des yeux. Des taches innombrables lissaient le devant de son pantalon. Une épingle fermait son veston.

L'empressement du pharmacien, le peu de cas que les curieux faisaient des habits du malheureux et l'intérêt que celui-ci suscitait me parurent anormaux.

Une femme, enveloppée dans un fichu épais, murmura en regardant autour d'elle :

— C'est de la faiblesse.

— Ne poussez pas… ne poussez pas, conseilla un homme âgé.

Une commerçante qui guettait la porte ouverte de sa boutique renseigna le public :

— Tout le monde le connaît dans le quartier. C'est un nain. Les vrais malheureux sont fiers ; ils ne se font pas remarquer. Celui-là n'est pas intéressant : il boit.

C'est alors que mon voisin, à qui je n'avais pas encore prêté attention, observa :

— S'il boit, il a raison.

Cette opinion me plut, mais si j'approuvai, ce fut juste assez pour que cet inconnu le remarquât.

— Voilà où mènent les excès, dit un monsieur qui tenait une paire de gants dont les doigts étaient plats.

— Tant que la révolution n'aura pas balayé la société moderne, il y aura des malheureux, proféra assez bas un vieillard, celui qui tout à l'heure avait conseillé de ne pas pousser.

L'agent, à qui la pèlerine donnait un air énigmatique, parce qu'elle lui cachait les bras, se tourna et les badauds se lancèrent des coups d'œil qui laissaient entendre qu'ils n'étaient pas de l'avis de cet utopiste.

— Ils finissent tous de cette façon, marmonna une ménagère dont le râtelier s'était séparé une seconde des gencives.

Un monsieur, qui imitait involontairement les grimaces du nain, approuva en hochant la tête.

— Pourquoi ne l'envoie-t-on pas à l'hôpital ? demandai-je à l'agent.

J'aurais pu me renseigner auprès de l'un de mes voisins. Non, je préférais interroger le sergent de ville. Il me semblait que, de cette manière, la rigueur des lois fléchissait pour moi seul.

Le nain avait fermé les yeux. Il respirait avec le ventre. À chaque instant un frisson secouait ses manches et les lacets de ses souliers. Un filet de salive coulait sous son menton. Par sa chemise entrouverte, on distinguait un tétin, petit et pointu, comme s'il était mouillé.

Le pauvre homme allait certainement mourir.

Je lorgnai mon voisin. Il frisait sa moustache. Un bouton doré fermait le col de sa chemise. Maigre, nerveux, petit, il m'était sympathique à moi, grand, sentimental et indolent.

La nuit tombait. Les becs de gaz, déjà allumés, n'éclairaient pas encore. Le ciel était d'un bleu froid. Il y avait des dessins géographiques sur la lune.

Mon voisin s'éloigna sans me saluer. Je crus deviner à son attitude indécise qu'il espérait que je le rejoindrais.

J'hésitai une seconde, comme tout homme l'aurait fait à ma place, car, en somme, je ne le connaissais pas ; la police pouvait très bien le rechercher.

Puis, sans réfléchir, je le rattrapai.

La distance avait été si courte que je n'eus pas le temps de préparer ce que j'allais dire. Aucun mot ne sortit de ma bouche. Quant à l'inconnu, il ne se souciait pas de moi.

Il marchait drôlement en posant le talon avant la semelle, comme un nègre. Une cigarette tenait à son oreille.

Je m'en voulus de l'avoir suivi ; mais je vis seul, je ne connais personne. L'amitié serait pour moi une si grande consolation.

Maintenant, il m'était impossible de le lâcher puisque nous cheminions l'un près de l'autre, dans la même direction.

Pourtant, au coin d'une rue, j'eus envie de me sauver. Une fois loin, il aurait pu penser de moi ce qu'il lui eût plu. Mais je n'en fis rien.

— As-tu une cigarette ? me demanda-t-il tout à coup.

Instinctivement je jetai un coup d'œil sur son oreille, mais, pour ne pas le froisser, je baissai vite les yeux.

À mon avis, il aurait d'abord dû fumer sa cigarette. Il est vrai qu'il pouvait l'avoir oubliée.

Je lui donnai une cigarette.

Il l'alluma sans s'enquérir s'il m'en restait et continua de marcher. Je le suivais toujours, ennuyé devant les passants par son indifférence. J'aurais voulu qu'il se fût penché vers moi, qu'il m'eût interrogé, ce qui m'aurait permis de prendre une attitude.

La cigarette offerte par moi avait renforcé nos relations. Je ne pouvais plus m'en aller : d'ailleurs, je préfère supporter un ennui que de faire une impolitesse.

— Viens boire un verre, me dit-il en s'arrêtant devant un débit de vin.

Je refusai, non pas par politesse, mais parce que je craignais qu'il ne payât pas. On m'avait déjà joué ce tour. Il faut être méfiant, surtout avec des étrangers.

Il insista.

J'avais un peu d'argent au cas où il se déroberait ; j'entrai.

Le patron, assis comme un client, regagna rapidement son comptoir.

— Bonsoir, messieurs.

— Bonsoir, Jacob.

Le plafond de la salle était bas comme celui d'un wagon. Sur la caisse il y avait des billets de réduction pour un cinématographe.

Mon compagnon demanda un bock.

— Et toi, que prends-tu ?

— Comme vous.

J'aurais préféré demander une liqueur, mais ma timidité imbécile m'en empêcha.

Mon voisin avala une gorgée de bière, puis, essuyant sa moustache pleine de mousse, il me questionna :

— Comment t'appelles-tu ?

— Bâton Victor, répondis-je comme au régiment.

— Bâton ?

— Oui.

— Quel nom ! dit-il en faisant le simulacre de fouetter un cheval.

Cette plaisanterie ne m'était pas étrangère. Elle m'étonna de la part d'un homme qui paraissait si réservé.

— Et vous, comment vous appelez-vous ?

— Henri Billard.

La peur de le vexer ne m'eût pas retenu, j'aurais, moi aussi, ridiculisé son nom en faisant semblant de jouer au billard.

Mon compagnon ouvrit un porte-monnaie et paya.

N'ayant pas soif, j'eus de la peine à finir mon bock.

Soudain, l'intention d'offrir quelque chose me vint à l'esprit. Je résistai. Après tout, je ne connaissais pas Billard. Mais, à la perspective de me trouver seul dans la rue, je faiblis.

Je fis le vide dans mon cerveau afin qu'aucune considération ne me retînt et, d'une voix que j'entendais comme si je parlais seul, je dis :

— Monsieur... Buvons ce que vous voulez.

Il y eut un silence. Anxieux, j'attendais la réponse, appréhendant un oui, appréhendant un non.

Enfin, il me répondit :

— Pourquoi te ferais-je dépenser de l'argent ? Tu es pauvre, toi.

Je balbutiai pour insister : ce fut inutile.

Billard sortit lentement, en balançant les bras, en boitant un peu, sans doute parce qu'il était resté immobile. Je l'imitai, boitant sans raison.

— Au revoir, Bâton.

Je n'aime pas à quitter une personne avec qui je me suis entretenu, sans savoir son adresse ni où la revoir. Lorsque, malgré moi, cela arrive, je vis pendant plusieurs heures dans une sorte de malaise. La pensée de la mort, que d'habitude je chasse rapidement, me hante. Cette personne, en s'en allant pour toujours, m'a rappelé, j'ignore pourquoi, que je mourrai seul.

Je regardai tristement Billard.

— Allons, au revoir, Bâton.

— Vous partez ?

— Oui.

— Je vous reverrai, peut-être, par ici ?

— Mais oui.

Je rentrai tout pensif. Pour refuser ce que je lui avais offert, il fallait que Billard eût réellement bon cœur. Certainement il m'aimait et me comprenait.

Ils sont si rares, ceux qui m'aiment un peu et qui me comprennent !

II

Le lendemain, en m'éveillant, je pensai tout de suite à lui. Je résumai, dans mon lit, les phases de notre rencontre. Les traits de Billard m'échappaient. J'eus beau me remémorer un visage avec une moustache, des cheveux, un nez, l'expression n'y fut jamais.

Que je serais heureux s'il devenait mon ami ! Nous sortirions le soir. On mangerait ensemble. Quand l'argent me manquerait, il m'en prêterait et réciproquement, bien entendu. Je le présenterais à Lucie. L'existence est si triste lorsqu'on est seul et qu'on ne parle qu'à des gens qui vous sont indifférents.

La journée passa lentement. Malgré le grondement de la ville, j'entendis sonner toutes les heures, comme la nuit quand on ne dort pas. Je vivais dans l'attente. À tous moments, des sueurs froides me donnaient l'illusion qu'il y avait de l'air entre ma chemise et mon corps.

L'après-midi, je me promenai dans un jardin.

Comme je connais les chiffres romains, je m'amusai à calculer l'âge des statues. Chaque fois j'étais déçu : elles n'avaient jamais plus de cent ans. La poussière ne tarda pas à ternir le cirage de mes souliers. Les cerceaux des enfants tournaient sur eux-mêmes avant de tomber. Sur les bancs, des gens étaient assis, dos à dos.

Tout ce que j'observais ne distrayait que mes yeux. Dans mon cerveau, il y avait Billard.

Le soir arriva enfin. Je repris les rues que nous avions suivies, moi et Billard. La pharmacie était déserte. Cela me causa un effet étrange car, dans mon esprit, elle était associée à un encombrement.

Aucune raison ne m'eût empêché de flâner plus tôt aux abords du café Jacob, mais je savais qu'en revoyant Billard à la même heure que la veille, j'aurais moins l'air de le rechercher. Il supposerait que je passais dans son quartier, chaque jour, vers six heures.

L'estaminet n'était pas loin. Mon cœur, en battant, me faisait sentir la forme de mon sein gauche. À chaque instant, j'essuyais mes mains moites sur mes manches. Une odeur de sueur s'échappait par ma veste ouverte.

Je m'imaginais que le patron se trouverait derrière son comptoir et que Billard boirait un bock, comme hier.

Sur la pointe des pieds, la main contre la glace pour ne pas perdre l'équilibre, je vis, au-dessus d'un rideau rouge, l'intérieur du café Jacob.

Billard n'était pas là.

J'en ressentis du dépit. Je m'étais figuré que, tenant à moi, il serait revenu avec l'espoir de me parler.

Je regardai la pendule d'une boulangerie. Elle marquait six heures. Tout n'était pas perdu : Billard pouvait travailler.

Je m'éloignai en prenant la décision de revenir vingt minutes plus tard. Certainement, il serait là. Nous bavarderions : j'avais tant de choses à lui dire.

Pour tuer le temps, j'errai sur un boulevard. Les arbres, entourés au pied d'une grille de fer, avaient l'air de tenir debout comme des soldats de plomb. Je voyais les voyageurs dans les tramways illuminés. Des taxis, obscurs et courts, tressautaient sur les pavés. À force de s'éteindre et de s'allumer, deux enseignes n'attiraient plus l'attention.

Pendant une demi-heure je regardai le prix des souliers, des cravates, des chapeaux. Je m'arrêtai aussi devant les bijouteries. Les étiquettes minuscules étaient à l'envers. Il est impossible de connaître le prix des montres et des bagues sans entrer dans les bijouteries.

Maintenant, Billard devait m'attendre, car au fond il tenait à moi, sinon il ne m'eût pas offert un bock.

Craignant subitement qu'il ne fût venu et reparti, je me hâtai de retourner au café Jacob.

J'étais content qu'il fît nuit. Grâce à l'obscurité, le patron et les clients ne me verraient pas. Je les examinerais de la rue. Et, si Billard n'était pas là, ils ne liraient pas ma déception sur mon visage.

Les cent mètres qu'il me restait à parcourir me semblèrent interminables. J'eus envie de prendre le pas gymnastique, mais la crainte du ridicule me retint : je n'ai jamais couru dans la rue. D'ailleurs, je cours aussi mal qu'une femme.

Enfin, je me trouvai devant le bar. Après avoir allumé une cigarette, je lorgnai l'intérieur du cabaret.

Billard n'était pas là.

J'eus un éblouissement qui tripla dans mes yeux chaque passant, chaque maison, chaque voiture.

Je comprends que des gens eussent pu rire de mon émotion. Rien de ce qui s'était passé n'aurait frappé un autre que moi. Je suis trop sensible, voilà tout.

Une minute après, je m'éloignai, complètement abattu. Au lieu de réagir, je tâchai à prolonger ma tristesse. Je m'enfermai en moi-même, me faisant plus petit, plus misérable que je ne le suis. Je trouvais ainsi une consolation à mes misères.

Billard n'était pas venu.

Il en a toujours été ainsi dans ma vie. Personne n'a jamais répondu à mon amour. Je ne demande qu'à aimer, qu'à avoir des amis et je demeure toujours seul. On me fait l'aumône, puis on me fuit. La chance ne m'a vraiment pas favorisé.

J'avalai ma salive pour ne pas pleurer.

J'allais droit devant moi, une cigarette encore sèche aux lèvres, lorsque je vis un homme qui stationnait près d'un bec de gaz. Je crus, d'abord, que c'était un mendiant, car ceux-ci sont souvent arrêtés.

Soudain, un cri, aussi involontaire qu'un hoquet, sortit de ma bouche.

L'homme, c'était Billard. Il avait un pardessus fripé comme en ont les noyés. Près du réverbère, à la clarté pâle de cette lumière en plein air, il roulait une cigarette.

— Bonjour, monsieur Billard.

Il se retourna, me regarda et ne me reconnut pas, ce qui me contraria. Cependant, j'excusai tout de suite son manque de mémoire. La nuit était épaisse. Ses yeux, habitués à la lumière du bec de gaz, ne me remettaient pas.

— C'est moi, Bâton.

Alors, il lécha le papier de sa cigarette dans la longueur.

J'attendis et, afin qu'il ne remarquât pas que je fumais une cigarette toute faite, je l'éteignis contre le mur et la mis dans ma poche.

— Où manges-tu ? me demanda-t-il.

— Où je mange ?

— Oui.

— N'importe où.

— Viens avec moi, je connais un restaurant à bon marché.

Je le suivis. Quand je marche à côté d'une personne, je la pousse sans le vouloir vers les murs : aussi me surveillai-je. Dès que les trottoirs s'étrécissaient, je descendais sur la chaussée. Comme il bougonnait, je me tournais vers lui à chaque instant, car je m'imaginais qu'il m'adressait la parole : je n'aurais pas voulu qu'il me prît pour un indifférent.

La satisfaction d'avoir retrouvé Billard m'ôtait l'appétit. Bien que je fusse harcelé par l'envie de parler de moi, de mes voisins, de ma vie, aucun mot ne sortait de ma bouche. La timidité me paralysait tout entier, sauf les yeux. Il est vrai que je n'étais pas très lié avec mon compagnon.

Lui aussi avait sans doute mille choses à me conter, mais, comme moi, il n'osait pas. Sous des apparences rudes, c'était un sensible.

— J'ai acheté un camembert. Nous le partagerons. Je dîne en général avec ma femme. Aujourd'hui, elle est absente.

Je le regardai. Le papier de sa cigarette ne brûlait pas.

— Vous êtes donc marié ?

— Non, en ménage seulement.

Ma bonne humeur tomba tout d'un coup. Dix pensées traversèrent mon cerveau en même temps.

Je me souvins de ma chambre, de Lucie, de ma rue. L'avenir me sembla fait d'une suite de journées monotones. Oui, j'en voulais à Billard qu'il eût une femme. Une amitié solide ne pouvait plus nous unir puisqu'une tierce personne la troublerait. J'étais jaloux. Aussi, pourquoi avais-je suivi cet inconnu ? Il m'avait désorienté. À cause de lui, la solitude me pèserait davantage.

Toutes ces réflexions ne m'empêchèrent pas de me raccrocher à un dernier espoir. Peut-être sa maîtresse n'était-elle pas belle ! Il aurait suffi qu'elle fût laide pour que je me remisse.

— Est-elle jolie ? demandai-je en m'efforçant d'avoir l'air distrait.

Avec l'assurance des gens indélicats, il me répondit qu'elle était superbe et qu'elle possédait, malgré ses dix-huit ans, deux seins de femme. Il me montra même la place, avec ses mains arrondies.

Cette fois, je n'eus plus qu'une idée : partir. L'injustice du sort était vraiment trop grande. Billard avait une verrue, des pieds plats et on l'aimait, tandis que je vivais seul, moi, plus jeune et plus beau.

Jamais nous ne pourrions nous entendre. Il était heureux. Par conséquent, je ne l'intéressais pas. Il valait mieux que je m'en allasse.

Nous marchions toujours. Je cherchais un prétexte pour me sauver. Comme j'aurais aimé à être assis, humble, seul et triste, dans un coin du restaurant de la rue de Seine. Là, au moins, personne ne s'occupait de moi.

Vraiment, Billard n'avait pas de tact. Si j'avais été marié, je ne l'eusse pas dit. Il devait savoir qu'on ne raconte pas son bonheur à un malheureux.

Pourtant, je ne me résolvais pas à quitter mon compagnon. Une pensée qui avait grandi, à l'écart, dans mon âme, me ranimait. Il se pouvait que cette femme n'aimât pas Billard. Peut-être souffrait-il ! Qu'il m'eût été sympathique, alors ! Je l'aurais consolé. L'amitié eût adouci nos souffrances.

Mais, dans la crainte d'une réponse affirmative, je me gardais bien de lui demander si sa maîtresse l'aimait.

— Qu'as-tu ? Es-tu triste ? questionna-t-il.

Ma tristesse, qui jusqu'à présent n'avait pas cessé de grandir, s'évanouit. L'intérêt que Billard me portait était une réalité, alors que mes réflexions n'étaient que des divagations de malheureux.

Je le regardai avec reconnaissance.

— Oui, je suis triste.

J'attendais des plaintes, des confidences. Je fus déçu : il me conseilla de réagir.

Nous nous arrêtâmes devant un restaurant. La peinture de la devanture se décollait. Sur une glace les passants lisaient cette phrase : *On peut apporter son manger.*

— Entre, me dit Billard.

Je baissai un bec-de-cane dont la chaînette tremblait. Des gens se retournèrent.

Je restai sur le seuil de la porte.

— Entre donc !

— Non, vous le premier.

Il passa devant. À cet instant, je remarquai que c'était moi qui avais ouvert et fermé la porte.

De longues tables et quelques-uns de ces bancs de réfectoire qui se lèvent à un bout quand on s'assoit, meublaient la salle. La fumée de tabac faisait des spirales, comme du sirop dans un verre d'eau. La trappe de la cave trembla sous nos pas. Devant chaque client se dressaient un litre et un verre. On eût pu, avec un couteau, faire de la musique.

Nous nous installâmes, l'un en face de l'autre.

Billard essaya de sortir le camembert de sa poche. Celle-ci était étroite. Il dut se servir de ses deux mains.

Puis, en habitué, il appela la patronne par son petit nom :

— Maria !

C'était une belle campagnarde qui, à chaque instant, s'essuyait les mains jusqu'au coude. Quand elle marchait, ses seins bougeaient et des sous faisaient du bruit dans la poche de son tablier.

— Deux chopines et du pain.

— Une chopine, c'est trop pour moi, dis-je, un peu tard.

— Je paie… Je paie.

— Mais vous n'êtes pas riche.

— Une fois n'est pas coutume.

Je n'avais pas l'intention d'abuser de la bonté de mon voisin. C'est pourquoi ce *une fois n'est pas coutume* me choqua. Je suis très susceptible. Ne trouverai-je donc jamais un homme bon et généreux ! Ah, si j'étais riche, comme je saurais donner !

Un chien, qui n'avait qu'un morceau de queue, vint flairer mes doigts. Je le repoussai, mais il recommença avec tant d'obstination que j'en rougis. Mes doigts n'avaient pourtant aucune odeur.

Heureusement, la patronne arriva, le goulot des bouteilles entre les doigts et le pain sous le bras. Elle chassa à coups de pied cette sale bête.

Billard tâta le camembert de l'index et le coupa en deux. Il m'en donna une moitié, la plus petite.

Nous mangeâmes, lentement, à cause du papier transparent qui collait sur le fromage.

Quand Billard buvait, je l'imitais. Par politesse, je faisais en sorte que le niveau de mon vin ne baissât pas plus vite que le sien.

Je n'ai pas l'habitude de boire, aussi je ne tardai pas à être gai. Les vieillards pouilleux qui causaient dans un coin me parurent des sages.

Je versai le restant du vin et, comme je m'y attendais, il n'y eut pas grand-chose dans mon verre, à cause du cul de la bouteille.

Je m'adossai à une table. Pour la première fois, je regardai mon interlocuteur dans les yeux. Lui aussi avait fini de manger. En curant ses dents avec la langue, il faisait un bruit de baiser.

Il chercha du tabac dans ses poches. Sans hésiter, je lui offris une cigarette.

J'étais disposé à raconter ma vie et à dire, dans un accès de franchise, ce qui m'avait déplu en lui.

— Vous me semblez avoir bon cœur, monsieur Billard, dis-je en constatant que le vin avait changé ma voix.

— Oui, j'ai bon cœur.

— Il y a si peu de gens qui comprennent la vie.

— J'ai bon cœur, continua Billard, qui suivait son idée. Mais il faut être prudent, sinon on abuse de votre bonté. Vois-tu, Bâton, c'est pour un camarade que j'ai perdu ma place.

Ces paroles me déplurent encore et, pour trouver un point sur quoi nous eussions pu être d'accord, je sautai d'un sujet à l'autre.

— J'ai été à la guerre.

Je sortis mon portefeuille et lui montrai mon livret militaire avec mon nom, en grosses lettres, sur la couverture.

— Moi aussi, j'ai été à la guerre, me dit-il en me montrant à son tour des papiers.

Il les déplia. Il me mit dans la main sa plaque d'identité, une mèche de cheveux aplatie par un long séjour dans le portefeuille, sa photographie en soldat de l'active à côté d'un meuble, en poilu à côté d'un seau, et celle d'un groupe de fantassins au milieu desquels il y avait un écriteau avec ces mots : « Les gars de la 1re C. M. Faut pas s'en faire. »

— Tu vois, celui-là ?

Et il posa son index sur la tête d'un soldat.

— Oui, je vois.

— Eh bien, il est mort, celui-là aussi.

Je faisais semblant de m'intéresser à tout cela, mais rien ne m'ennuie autant que les portefeuilles des autres et que ces photographies au verso crasseux. Pourtant, combien en ai-je vu, pendant la guerre, de portefeuilles et de photographies !

Si je n'avais pas été gris, je n'aurais certes pas étalé mes papiers. Ils ont dû ennuyer Billard.

Comme il cherchait encore dans une enveloppe, je craignis qu'il ne me montrât des femmes nues. Je déteste ces cartes postales. Elles ne font qu'accroître ma misère.

— J'étais à Saint-Mihiel, dis-je pour parler de moi.

Au lieu de m'écouter et de me poser des questions :

— Moi aussi, j'y étais.

— Je suis blessé et réformé.

Je montrai l'éclat d'obus qui m'avait blessé.

— Tu vis seul ? me demanda Billard en repliant ses papiers.

— Oui.

— On s'ennuie.

— Oh ! oui !... Surtout moi qui suis si sensible... La vie de famille m'aurait plu. Tenez, vous, monsieur Billard, si vous étiez mon ami, je serais heureux, tout à fait heureux. La solitude, la misère me dégoûtent. Je voudrais avoir des amis, travailler, vivre enfin.

— As-tu une maîtresse ?

— Non.

— Pourtant, les femmes ne manquent pas.

— Oui… mais je n'ai pas d'argent. Une maîtresse me donnerait des soucis. Il faudrait que je misse du linge propre pour les rendez-vous.

— Allons, allons, tu t'imagines que les femmes font attention au linge. Naturellement, si tu veux fréquenter une bourgeoise, c'est autre chose. Laisse-moi faire, je te trouverai une maîtresse ; elle te distraira.

Si, réellement, il me trouvait une femme, jeune et belle, qui m'aimât et qui ne fît pas attention à mon linge, pourquoi n'accepterais-je pas ?

— Mais c'est difficile de trouver une femme jolie.

— Pas aujourd'hui ; la mienne a quitté ses parents pour moi. Je suis heureux avec cette jeunesse.

Je voulais un ami malheureux, un vagabond comme moi, envers qui on n'est tenu à aucune obligation. J'avais cru que Billard était cet ami, pauvre et bon. Je m'étais trompé. À chaque instant, il m'entretenait de sa maîtresse – ce qui me plongeait dans une grande mélancolie.

— Bâton, viens demain chez moi, après le dîner, tu verras la petite. J'habite rue Gît-le-Cœur, hôtel du Cantal.

J'acceptai, parce que je n'osai refuser. Je sentais bien que je n'aurais jamais le courage de rendre visite à des gens heureux.

Mes relations finiront-elles donc toujours de façon ridicule ?

On se leva. Je me vis dans une glace jusqu'aux épaules ; j'avais l'air d'être en cour d'assises. Quoique je fusse pris de boisson, je me reconnus. Cependant, le contour de mon buste était flou comme l'ombre trop allongée de quelqu'un.

Je traversai la salle, suivi de Billard.

Dehors, un vent brutal me fouetta la figure, comme à la portière d'un wagon. Une seconde, j'eus l'intention d'accompagner mon camarade, mais je me retins : à quoi cela eût-il servi ? Et puis, on ne s'entendait pas. Il était aimé, riche, heureux.

D'ailleurs, neuf heures sonnaient.

Je n'aurais osé dire au revoir le premier ; Billard était moins délicat.

— À demain, Bâton.

— Oui, à demain.

J'allai droit devant moi jusqu'à ce que je rencontrasse une rue familière.

Les bars étaient pleins, chauds et éclairés.

Bien que je n'eusse pas soif, l'envie de prendre quelque chose me harcelait. Je résistai, jusqu'à ce qu'il m'advînt de songer que je n'avais rien dépensé d'inutile.

J'entrai dans un Biard.

Une vapeur de salle de bain flottait autour du comptoir. Un garçon regardait un verre en transparence.

Je commandai ce qu'il y a de moins cher : un café nature.

— Un grand ? me demanda le sommelier.

— Non, un petit.

III

Je passai la journée du lendemain à me répéter que je n'irais pas chez Billard. Il était capable de caresser sa maîtresse devant moi. Elle s'assiérait sur ses genoux. Elle lui chatouillerait l'oreille.

Ces marques d'amitié m'eussent exaspéré.

Les amoureux sont égoïstes et impolis.

L'année dernière, de jeunes mariés habitaient la chambre de la crémière. Tous les soirs, ils s'accoudaient à la fenêtre. Au bruit de leurs baisers, je devinais s'ils s'embrassaient sur la bouche ou sur la peau.

Pour ne pas les entendre, je traînais dans les rues jusqu'à minuit. Quand je rentrais, je me déshabillais en silence.

Une fois, par malheur, un soulier m'échappa des mains.

Ils s'éveillèrent et le bruit des baisers recommença. Furieux, je frappai contre le mur. Comme je ne suis pas méchant, je regrettai, quelques minutes après, de les avoir dérangés. Ils devaient être confus. Je pris la décision de leur faire des excuses.

Mais, à neuf heures du matin, des éclats de rire traversèrent de nouveau le mur. Les deux amoureux se moquaient de moi.

Le soir, après le dîner, je flânai sur le boulevard Saint-Germain. Les magasins étaient éteints. Des lampes à arc éclairaient le feuillage des arbres. Des tramways longs et jaunes glissaient sans roues, comme des boîtes. Les restaurants se vidaient.

Huit heures sonnèrent en l'air.

Quoique Billard ne fût pas l'ami rêvé, je ne cessais de songer à lui.

Mon imagination crée des amis parfaits pour l'avenir, mais, en attendant, je me contente de n'importe qui.

Il était possible que sa maîtresse ne fût pas belle. J'ai remarqué que les femmes que l'on ne connaît pas, on se les représente toujours belles. Au régiment, quand un soldat me parlait de sa sœur, de sa femme, de sa cousine, je songeais tout de suite à une jeune fille superbe.

Ne sachant à quoi employer mon temps, je me dirigeai vers l'hôtel du Cantal. En cours de route, j'eus bien la pensée de faire demi-tour, mais la perspective d'une soirée vide chassa vite cette faible intention.

La rue Gît le-Cœur sent l'eau croupie et le vin. La Seine coule près de ses bâtisses humides. Les enfants que l'on croise ont des litres à la main. Les passants marchent sur la chaussée : il n'y a pas de voitures à craindre.

Par-ci par-là, une de ces boutiques désertes qui ferment tard, vend des légumes cuits, des purées vertes et des pommes de terre qui fument dans un baquet de zinc.

Il était trop tôt pour aller chez Billard. Je n'aime pas à surprendre les gens, car ils se figurent que l'on cherche à savoir ce qu'ils mangent.

Le pardessus m'engourdissait les épaules. Un point de côté me contraignait à marcher courbé. Quand on s'assoit, le soir, sur un banc, on fait pitié.

J'entrai donc dans un bar de la place Saint-Michel et, comme d'habitude, je commandai un café noir. J'accrochai mon chapeau à un portemanteau, puis je m'installai dans un coin, en face d'une glace.

De belles Égyptiennes emplissaient des cruches, sur les murs de céramique. Deux messieurs, en complet de nos jours, jouaient aux échecs. Comme les règles de ce jeu me sont étrangères, je ne compris rien aux évolutions géométriques des pions.

Le garçon, avec sa veste d'alpaga coupée au ventre, m'apporta un café. Il était poli. Il m'apporta même *L'Illustration* dans un carton.

J'avais à peine ouvert cette publication que l'odeur du papier glacé me rappela que je ne me trouvais pas dans mon milieu. Je la feuilletai tout de même. Pour regarder les photographies, je dus me pencher, car elles luisaient.

De temps en temps, je jetais un coup d'œil sur mon chapeau afin de m'assurer de sa présence.

Arrivé aux annonces, je fermai le carton.

Ma soucoupe, pleine de café froid, marquait 30 centimes. J'espérais que ce chiffre serait le prix de ma consommation ; mais, comme les soucoupes datent d'avant la guerre, j'appréhendai que ce ne fût davantage.

— Garçon !

En l'espace d'une seconde, il souleva ma tasse et essuya la table que pourtant je n'avais pas salie.

— 30 centimes, monsieur.

Je payai avec une pièce d'un franc. J'avais eu l'intention de ne donner que deux sous de pourboire. Au dernier moment, craignant que ce ne fût pas assez, je laissai quatre sous.

Je sortis. Le dos ne me faisait plus mal. Le café chauffait encore mon ventre.

J'allais par les rues avec la sécurité et la satisfaction d'un employé qui quitte son bureau. L'impression de jouer un rôle dans la foule me rendait de bonne humeur.

Je mis à la bouche ma dernière cigarette, bien que j'eusse voulu la conserver pour le lendemain au matin. Quoique je possédasse des allumettes, je préférais demander du feu à un passant.

Un monsieur stationnait sur un terre-plein en fumant un cigare. Je me gardai bien de l'approcher, car je sais que les amateurs de cigare n'aiment pas à donner du feu : ils tiennent à la cendre de leur cigare.

Plus loin, sur ma route – puisque j'avais une route – un autre homme fumait.

En me découvrant, je m'adressai à lui. Il me tendit sa cigarette et, pour ne pas trembler, appuya son petit doigt contre ma main. Ses ongles étaient soignés. Une bague-cachet ornait son annulaire. Sa manchette descendait jusqu'au pouce.

Après l'avoir remercié trois ou quatre fois, je m'en allai.

Longtemps, je songeai à cet inconnu. Je cherchais à deviner ce qu'il pensait de moi et si lui aussi faisait les mêmes réflexions.

On tient toujours à faire bonne impression sur les gens que l'on ne connaît pas.

IV

Au-dessus de la porte de l'hôtel du Cantal, il y avait une boule blanche avec des majuscules, comme un ballon du Louvre.

J'entrai. Au travers d'un rideau, je distinguai une salle à manger qui devait servir de bureau, un buffet avec des rangées de balustres minuscules, un casier où se trouvaient des lettres debout.

Je frappai au carreau, doucement, afin de ne pas le casser. Une tenture s'écarta et un homme assis bascula en arrière pour me voir.

— Vous désirez ?

— Monsieur Billard, s'il vous plaît.

Sans chercher, il me répondit.

— Trente-neuf, sixième étage.

Au premier, le tapis s'arrêtait. Chaque porte était numérotée. Des ballots de draps encombraient un palier.

En gravissant les marches, je songeais à la maîtresse de Billard. Pour chasser l'émoi qui me gagnait, je répétais : elle est laide… elle est laide… elle est laide…

J'atteignis le dernier étage tout essoufflé. Il me semblait que mon cœur changeait de place tellement il battait fort.

Enfin je frappai. La porte était mince : elle résonna.

— Qui est là ?

— Moi.

Dire mon nom eût été plus simple, mais, par timidité, je tentai de l'éviter. Mon propre nom, dans ma bouche, me cause toujours une impression étrange, surtout derrière une porte.

— Qui ?

Je ne pouvais plus me taire :

— Bâton.

Billard ouvrit la porte. J'aperçus une femme assise et, dans la glace de l'armoire, la pièce tout entière se reflétant.

Cette jeune fille était belle. Ses cheveux frisés se tordaient, comme si la lumière de la lampe les eût brûlés.

Abasourdi, je demeurai sur le seuil de la porte, prêt à me sauver.

Elle se leva et vint à moi.

Alors, une joie folle m'empêcha de parler. La sensation qu'un souffle chaud caressait ma figure me fit frissonner. Quoique peu exubérant, je tapai sur l'épaule de Billard. Malgré mon allégresse, je me sentis ridicule en ramenant la main. J'avais envie de rire, de danser, de chanter : la maîtresse de Billard boitait.

La chambre était banale. Un Roumain, une fille galante, un employé eussent pu l'habiter. Des journaux, sur lesquels on avait posé des casseroles, une brosse à dents debout dans un verre, des bouteilles encombraient la cheminée.

— Nina, prépare donc du café !

La jeune fille alluma un poêle à pétrole taché de jaune d'œuf.

Cette offre, en m'obligeant à rester, me combla d'aise.

Sans doute, pour ne pas avoir l'air de remarquer le silence qui devenait plus gênant à mesure que le temps s'écoulait, Billard cherchait un écrou dans une boîte à outils et sa maîtresse essuyait l'intérieur de quelques tasses, avec le pouce. Quant à moi, je voulais parler, mais tout ce que je trouvais dénotait trop l'intention de mettre fin à une situation ridicule.

Lorsqu'on ne me regardait pas, j'inspectais la chambre. La vapeur qui s'échappait du bec de la cafetière se tortillait. Les taies d'oreiller, sur le lit, étaient noires au milieu.

— Prends-tu du lait ?

Je répondis que cela m'était égal.

Nous nous assîmes autour de la table. De peur d'effleurer les pieds de mes hôtes, je ramenai les jambes sous ma chaise.

La rapidité avec laquelle le café avait été préparé me contrariait. Je savais bien qu'après avoir bu, il faudrait que je m'en allasse.

Nina nous servit en tenant le couvercle de la cafetière.

— Votre café doit être bon, dis-je avant de l'avoir goûté.

— Il vient de chez Damoy.

Je le remuai longuement, afin qu'une fois bu, il ne restât pas de sucre au fond de la tasse. Puis j'avalai de petites gorgées en faisant attention de ne rien renverser, pendant le trajet de la soucoupe à ma bouche.

— Encore ? demanda Nina.

Quoique ma tasse fût petite, je refusai, par politesse.

Soudain, Billard posa sa main sur la mienne, sans raison.

Ma première pensée fut de la retirer – le contact des hommes m'incommode – mais je n'en fis rien.

— Écoute-moi, Bâton.

Je le regardai. Des pores criblaient son nez.

— Il faut que je te demande quelque chose.

La perspective d'être agréable à un camarade m'enchanta.

— Veux-tu me rendre un service ?

— Oui… Oui…

Je craignis qu'il ne me sollicitât d'une chose insignifiante ou bien trop importante. J'aime à rendre des services, de petits services, bien entendu, pour montrer ma bonté.

— Prête-moi cinquante francs.

Nos regards se rencontrèrent. Mille pensées me vinrent à l'esprit. Certainement, il en fut de même chez Billard. Entre nous, il n'y avait plus de barrière. Il lisait dans mon âme aussi facilement que je lisais dans la sienne.

La seconde d'hésitation qui, dans une telle circonstance, frappe chaque homme, disparut et, d'une voix qu'il m'était permis de rendre solennelle, je dis :

— Je vous les prêterai.

J'étais heureux, plus d'inspirer de la reconnaissance que de prêter. La conversation allait reprendre. Maintenant, je ne gênais plus. Je pouvais rester jusqu'à minuit, revenir demain et après-demain et toujours. S'il m'avait emprunté cinquante francs, c'était qu'il avait confiance en moi.

L'argent de ma pension était dans ma poche. Pourtant, je ne donnais pas à Billard ce qu'il m'avait demandé. Je faisais semblant de ne plus y songer. Je sentais que plus j'attendrais, plus on ferait l'aimable.

À présent, je jouais un rôle. À chacun de mes mouvements, on m'épiait, espérant que je sortirais mon portefeuille. Depuis des années, je n'avais eu une pareille importance. Un sourire accueillait chacune de mes paroles. On m'observait ; on craignait que je n'oubliasse.

Il faudrait être un saint pour résister à la tentation de prolonger cette joie.

Ah, comme j'excuse les gens riches !

Il commençait à être tard. Je me levai. Billard était blanc : il n'osait renouveler sa demande. J'affectais toujours de n'y plus penser tout en ne pensant qu'à cela.

Nina, la lampe à la main, la tête dans l'ombre, ne bougeait pas.

Subitement, j'eus l'impression qu'on avait compris mon manège.

Alors, pour détourner les soupçons, je sortis mon portefeuille avec des gestes hâtifs et gauches.

— Que je suis distrait… J'oubliais…

Je tendis cinquante francs.

— Merci, Bâton. Je te les rendrai la semaine prochaine.

— Oh !… cela ne presse pas !

Dans l'escalier, le gaz était éteint. Les manchons avaient encore une rougeur de braise.

À présent, les deux amants devaient regarder le billet en transparence, comme une plaque photographique, pour s'assurer qu'il était bon.

L'impression d'avoir été berné me rendait nerveux. Billard m'avait à peine remercié. En réalité, il n'était pas pauvre. Il possédait une maîtresse, une armoire pleine de linge, de sucre, de café, de graisse. Il connaissait du monde. Dans ces conditions, pourquoi demander de l'argent à un malheureux ? J'avais remarqué beaucoup d'objets dans sa chambre. En les portant au Crédit Municipal, il aurait facilement obtenu cinquante francs.

Je sentis, sous mes pieds, le tapis du premier étage, puis je vis, assis dans la salle à manger, le patron qui lisait de loin un journal déployé.

Dans la rue, j'eus un frisson. Le vent soufflait entre les maisons. Un réverbère se dressait au milieu d'un rond pâle.

Je fis quelques pas avec la clarté du bureau de l'hôtel dans les yeux.

Des gouttes tombaient à terre, jamais l'une sur l'autre.

V

La nuit, je dormis mal.

À chaque instant, mes couvertures tombaient d'un côté du lit. Quand le froid, qui montait le long de mes jambes, m'éveillait, je tendais une main pour savoir où se trouvait le mur.

À l'aube, ma fenêtre s'éclaira enfin. La table sortit doucement de l'ombre, les pieds d'abord. Le plafond devint carré.

Soudain, le jour se fit. Une lumière nette entra dans la chambre, comme si les carreaux avaient été lavés. Je vis les meubles immobiles, de la cendre de papier dans la cheminée et les planchettes du store en haut de la fenêtre.

La maison resta silencieuse quelques minutes.

Puis une porte claqua ; le réveil des Lecoin sonna ; une voiture de laitier fit tinter les couvercles de ses bidons.

Je me levai, car mon lit était froid comme quand je fais la grasse matinée.

Lorsqu'on a dormi entre deux draps blancs, on peut, au saut du lit, s'examiner dans une glace. Moi, le matin, avant de me regarder, je me lave.

Dehors, le soleil dorait le dernier étage des maisons. Il ne piquait pas encore les yeux.

L'air que je respirai me faisait frais dans les poumons comme de la menthe.

Un vent léger, sentant les lilas, leva les pans de mon pardessus qui ressembla alors à une capote de soldat.

Il n'y avait ni oiseaux, ni bourgeons ; cependant c'était le printemps.

J'avais envie de marcher. D'habitude, en sortant de chez moi, je me dirige vers la rue de Seine. Ce jour-là, j'eus pour but les fortifications.

Les fenêtres étaient ouvertes. Les camisoles, raidies par le vent, qui y séchaient, se balançaient comme des enseignes de tôle. Par les portes entrebâillées des boutiques, on distinguait les planchers rincés, déjà secs.

Dès qu'un immeuble de sept étages masquait le soleil, je doublais le pas.

Les rues devenaient de plus en plus sales. Des madriers, entre lesquels les enfants jouent à la sortie de l'école, soutenaient quelques bâtisses. La terre se montrait sous le macadam cassé des trottoirs. Le plâtre noirci des façades ressemblait aux toiles de fond des photographes.

Un nuage cacha le soleil. La rue tiède devint grise. Les mouches cessèrent de briller.

Je me sentis triste.

Tout à l'heure, j'étais parti vers l'inconnu avec l'illusion d'être un vagabond, libre et heureux. Maintenant, à cause d'un nuage, tout était fini.

Je revins sur mes pas.

L'après-midi, ne sachant où aller, je rôdai autour de l'hôtel du Cantal.

J'avais beau raisonner, penser qu'au cas où j'eusse rencontré Billard, nous n'aurions su quoi nous dire, je ne pouvais m'éloigner de ce quartier.

Peut-être que ceux qui vivent dans la pauvreté, sans amis, comprendront cette attraction.

Billard, c'était si peu et, pourtant, c'était tout pour moi.

Sur la place Saint-Michel, un homme, coiffé d'un chapeau melon, donnait des prospectus.

Il m'en tendit plusieurs.

Personne ne s'encombre de ces papiers. Il faudrait sortir la main d'une poche, prendre le prospectus, le froisser, le jeter. Quel travail !

Moi, j'ai pitié de ces distributeurs.

J'accepte toujours ce qu'ils m'offrent. Je sais que ces hommes ne sont libres qu'après avoir distribué plusieurs milliers de morceaux de papier.

Les gens qui passent dédaigneusement devant ces mains qui donnent au lieu de recevoir, m'irritent.

Il était trois heures. C'est le moment de la journée que je déteste le plus. Aucun des petits faits de la vie quotidienne ne l'égaie.

Pour chasser mon ennui, je retournai rue Gît-le-Cœur avec l'intention de rendre visite à Billard.

Je passai quatre fois devant la porte de l'hôtel, gêné de faire demi-tour. C'est ridicule d'être gêné, quand on fait demi-tour, dans la rue.

Je n'entrai pas.

Je sentais que Billard me recevrait mal. Le jour qu'il m'avait demandé les cinquante francs, j'aurais dû les donner tout de suite. Certainement, il m'en voulait de l'avoir fait attendre.

Pourtant, je restai là, au coin de la rue, guettant l'hôtel.

Je regardais les fenêtres des maisons depuis quelques minutes, lorsque Billard, accompagné d'un homme que je ne connaissais pas, apparut sur le seuil de la porte.

Je voulus courir à lui, mais comme il aurait supposé que je l'avais attendu plusieurs heures, je me retins. Jamais il n'eût voulu admettre que je venais d'arriver.

Les gens ne croient pas au hasard, surtout dès que celui-ci est seul pour vous excuser.

Billard avait un cache-col neuf. Ses cheveux étaient coupés dans la nuque. Les gestes qu'il faisait en parlant me semblaient ceux d'un étranger.

J'ai remarqué qu'il en est toujours ainsi quand on aperçoit un ami avec un inconnu, sans être vu.

Je me cachai derrière une voiture. Billard n'aurait pu me reconnaître à mes pieds.

Les deux hommes marchaient vite, au milieu de la chaussée.

Alors une idée bête et étrange traversa mon esprit.

Je m'engageai dans une rue parallèle et je pris le pas gymnastique. Lorsque j'eus parcouru une centaine de mètres, je regagnai par un passage transversal la rue que je venais de quitter.

Immobile devant une boutique, j'attendis.

Pour étouffer le halètement de ma poitrine, je respirai du nez. Mes chaussettes retombaient sur les tiges de mes souliers.

Les deux hommes approchaient. À entendre le claquement de leurs quatre semelles, on eût dit qu'un cheval marchait sur le trottoir.

Dans quelques secondes, Billard et son compagnon seraient là.

Je n'osai plus regarder la vitrine du magasin de peur que mes yeux ne rencontrassent ceux de Billard, dans la glace.

Un instant, j'eus l'intention de me retourner, avec un air distrait. Mais je craignis que cet air distrait ne parût pas sincère.

D'ailleurs, Billard me verrait. La rue était étroite. Il s'imaginerait que je flânais et il me parlerait le premier.

C'était ce que je désirais.

Malheureusement, les deux hommes me dépassèrent sans m'adresser la parole.

La certitude d'avoir été vu m'empêcha de recommencer cette comédie.

Vraiment, je n'ai pas de chance. Personne ne s'intéresse à moi. On me considère comme un fou. Pourtant, je suis bon, je suis généreux.

Henri Billard était un goujat. Jamais il ne me rendrait les cinquante francs. C'est toujours ainsi que le monde vous récompense.

J'étais triste et furieux. L'impression que ma vie tout entière s'écoulerait dans la solitude et la pauvreté augmentait mon désespoir.

Il était à peine quatre heures. Il fallait que j'attendisse au moins deux heures avant d'aller au restaurant.

Des nuages transparents couraient sous d'autres nuages noirs. Les rues perdaient l'atmosphère fatigante de l'après-midi, sans doute à cause des journaux du soir.

J'ai observé que ces journaux réveillent les passants, même ceux qui ne les achètent pas. Un journal est fait pour être lu le matin. Quand il paraît le soir, on a la sensation qu'une raison importante l'y oblige.

Billard m'avait réellement froissé. Pourtant, je ne pouvais m'éloigner de son quartier.

Je marchais vite dans les rues où je pensais avoir été remarqué, lentement dans celles où j'allais pour la première fois.

Une femme qui boitait me fit songer à Nina. Il était impossible que celle-ci aimât Billard. Elle était trop jeune. À dix-huit ans on ne cohabite pas avec un homme de quarante ans, à moins d'être contraint de le faire.

Petit à petit, la pensée d'aller chez Nina s'infiltra dans mon cerveau.

Je m'en sentais le courage. Quand je suis seul avec une femme, ma timidité ne me gêne plus. J'ai l'impression que celle-ci me rend sympathique.

Oui, je saurai parler à cette jeune fille. Je lui dirai du mal de Billard. Elle me comprendra. Elle le quittera. Et, qui sait ? peut-être m'aimera-t-elle !

À la vue de la boule blanche de l'hôtel du Cantal, j'eus la sensation que, pour ne pas m'éveiller dans un beau rêve, je me forçais à dormir.

Je pénétrai dans l'hôtel en essayant de me convaincre que je venais directement de chez moi, que j'étais en retard, et qu'après tout, ma visite n'avait rien de bizarre.

Je montai doucement l'escalier, pour ne pas m'essouffler. Mes mains, mouillées de sueur, sifflaient sur la rampe.

Une bonne, les cheveux enveloppés dans une serviette, balayait un corridor obscur. Par une fenêtre ouverte, je vis une cour et le dos d'une maison, avec des garde-manger suspendus comme des cages à oiseaux.

Au milieu du dernier étage, je m'arrêtai.

Une porte se serait ouverte, j'eusse continué mon chemin. Je n'aurais pas eu l'air louche des gens immobiles sur un palier.

J'étais ému. Mes oreilles bourdonnaient comme quand on écoute la mer dans un coquillage. Ma chemise était mouillée, sous les bras.

Après avoir gravi les dernières marches, je frappai.

— Qui est là ?

— Bâton… Bâton.

— Ah ! bien… attendez… je fais ma toilette.

Planté devant la porte comme un employé du gaz, j'écoutai les moindres bruits, craignant d'entendre la voix de Billard ou celle d'un inconnu.

Il y avait de la lumière dans le trou de la serrure. Un autre que moi eût regardé. Je me retins. Il est vrai que la honte m'aurait tué, si on m'avait surpris, accroupi devant la porte.

Nina apparut enfin.

Lavée, les cheveux mouillés aux tempes, les sourcils collés, plus noirs, les lèvres fraîches, sans rides, elle souriait. Elle avait de belles dents : on ne voyait pas les gencives.

— Entrez, monsieur Bâton.

— Je vous dérange.

— Non.

Elle aurait dû dire plusieurs fois non.

Elle marcha devant moi, pas gênée de boiter.

Quand elle s'arrêta, son corps redevint vertical.

— Est-ce que monsieur Billard est là ?

— Il vient de sortir.

— C'est ennuyeux.

— Attendez-le donc.

Je m'installai au même endroit que la veille. C'est une de mes habitudes. Je m'assois toujours à la place que j'ai choisie la première fois.

La chambre n'avait plus cette propreté que donnent, à la lumière d'une lampe, un plancher ciré, une armoire à glace et une cheminée de marbre noir.

Des plaques de bois luisant se détachaient des meubles. Le papier-tenture semblait avoir séché au soleil. L'air sentait la pâte dentifrice. Sur les rideaux il y avait des fleurs brodées à la machine. Les roulettes du lit avaient rayé le parquet.

— Ne vous retournez pas, monsieur Bâton, il faut que je finisse de m'habiller.

Ce mot habiller me donna envie de prendre la jeune fille par la taille, sans doute parce qu'il me faisait penser à déshabiller.

Je craignais que Billard n'arrivât. Qu'eût-il dit en me trouvant là, cependant que sa maîtresse se vêtait ? Il aurait été jaloux.

Je perçus le petit cri des pressions, le clapotement d'une chemise propre que l'on déploie et, de temps en temps, le craquement d'une jointure d'os.

Mes yeux, à force de loucher vers la jeune fille, me firent mal.

Quand elle eut terminé sa toilette, elle vint s'asseoir en face de moi.

Sans que cela fût nécessaire, je me retournai : c'était un mouvement instinctif.

Je vis un pantalon de femme dont les deux jambes se touchaient en un seul point, et, à terre, des empreintes de pied, avec les cinq doigts.

— Comment allez-vous, monsieur Bâton ?

— Assez bien… et vous ?

Elle ne répondit pas. Sans se soucier de moi, elle limait ses ongles.

Comme je m'imaginais qu'une fois ses ongles limés elle s'intéresserait à moi, je comptai les doigts qui n'avaient pas encore été soignés.

Elle posa sa lime blanchie.

— Vous devez vous ennuyer, madame, quand Henri est absent ?

— Oui… assez.

Elle baissa sa jupe pour cacher sa jambe trop courte.

— Vous devez être heureuse avec lui.

— Oui.

Les réponses de Nina me paraissant peu enthousiastes, je murmurai :

— Je vous comprends.

Elle m'examina. Ses mains cessèrent de bouger.

— Je vous comprends, répétai-je, il vous ennuie.

— Qui ?

— Billard.

Il y eut un silence. Elle était immobile. Seuls ses yeux bougeaient, tous les deux en même temps.

Maintenant, j'avais la certitude qu'elle n'aimait pas son amant. Elle était trop confuse quand je parlais de lui. Elle ne le défendait pas.

Je me levai. Pour le premier entretien, il valait mieux ne pas brusquer les choses.

En me reconduisant, elle me tendit la main avec franchise, sans plier le coude.

Comme nous étions seuls, je gardai sa main dans la mienne.

Je me trouvai sur le palier. Elle était dans l'embrasure de la porte. Elle regardait mes oreilles pour savoir si je rougissais.

— Au revoir, mademoiselle.

— Au revoir, monsieur.

Il me restait une seconde pour fixer un rendez-vous avant que la porte se fermât.

— Demain à trois heures, balbutiai-je.

Elle ne répondit pas.

Sans regarder les marches, un peu comme une fée, je dévalai l'escalier.

VI

Quelques secondes après, j'étais dehors, rouge jusque dans la nuque. La respiration me manquait, comme quand il y a du vent.

Je me regardai dans une glace. Une veine que je ne connaissais pas traversait mon front, de haut en bas.

J'aurais voulu retourner à l'hôtel et embrasser Nina. Elle m'aimait. Il fallait être timide comme je l'étais pour n'avoir su profiter de la situation. Sans doute, elle regrettait que je n'eusse pas été plus entreprenant. Ma mollesse avait dû l'agacer.

Mais, si elle était intelligente, elle me saurait gré de l'avoir respectée. Embrasser une personne que l'on connaît à peine est inconvenant.

J'allais donc avoir une maîtresse qui m'aimerait et qui, pour se donner, ne me demanderait rien.

Pour que la nuit me parût moins longue, je rentrai tard.

Après avoir ôté ma veste, je m'accoudai à la fenêtre. L'air tiède me rappela les soirées de l'été précédent. La lune, pleine de taches d'eau, éclairait le bord d'un nuage.

Puis, je me couchai.

Il fallait que je dormisse, sinon, le matin, j'aurais eu mauvaise mine. Mon visage n'est pas symétrique. Ma mâchoire est plus saillante à gauche. Quand je suis fatigué, cela se remarque davantage.

Pourtant, je ne parvenais pas à fermer les yeux. J'avais beau refaire mon lit à chaque instant, me mettre tout nu à la fenêtre pour avoir froid, je songeais à Nina. Je la voyais devant moi, dans une brume de carte postale, sans jambes, ou bien je cherchais un moyen de la faire venir chez moi sans que la concierge s'en aperçût.

Comme je ne m'endormais toujours pas, je me résolus à revoir, en imagination, tous les événements de ma vie militaire. C'est curieux comme, dans la mémoire, les endroits où l'on a été malheureux deviennent agréables.

De même que je chante rarement les chansons de mon enfance pour ne pas émousser les souvenirs qu'elles m'évoquent, de même je ne songe à ma vie de soldat que lorsque je ne puis faire autrement. J'aime à garder dans mon cerveau une provision de souvenirs. Je sais qu'elle y est. Cela me suffit.

Je m'assoupissais quand la crémière qui revenait sans doute d'un cinéma, claqua sa porte.

Elle ferma sa fenêtre, puis elle se lava. Jamais elle ne se lavait le soir. J'entendais les mêmes bruits que devant la porte de Billard. J'ai remarqué que les événements nouveaux de la vie quotidienne se suivent par série.

Je sortis du lit.

Les orteils en l'air, à cause du froid, j'arpentai la chambre, espérant confusément que la crémière me verrait par un trou, dans le mur.

Au petit jour seulement, je m'endormis. Je n'entendis pas le réveil des Lecoin, ni le balai de la concierge qui, chaque matin, heurte exprès ma porte.

Quand je m'éveillai, le carré de soleil avait dépassé mon lit et tremblait sur le mur.

Il était tard. Je me levai à la hâte, les yeux minces, une joue striée comme une feuille par un drap chiffonné.

Dès que je fus habillé, je me brossai longuement.

Ma brosse est si vieille que les poils se plantent dans l'étoffe.

Je dus les enlever un à un.

Puis je sortis.

C'était une belle journée de printemps. Le soleil était au-dessus de ma tête. Je marchais sur mon ombre.

Je possède un rasoir de sûreté. Mais la lame coupe mal.

C'est pourquoi j'entrai chez un coiffeur.

Le patron balayait des cheveux. Il était en manches de chemise. Des élastiques métalliques faisaient le tour de ses bras, au-dessus du coude. Une pince tenait sa cravate.

Il me rasa très bien.

À trois heures précises, la peau raide, la figure poudrée, je frappais à la porte de Billard.

Nina devait m'attendre.

Les veines de mes mains étaient plus grosses que d'habitude.

Personne ne répondit. Nina, qui était coquette, devait me faire languir.

Je frappai, plus fort cette fois.

L'oreille collée contre la porte, j'écoutai. De cette façon, on entend mieux.

Aucun bruit ne troubla le silence.

Alors je frappai avec le poing. Même silence. Nina n'était pas là. Je regardai par le trou de la serrure, puisqu'il n'y avait personne. Je vis le battant de la fenêtre avec un rideau trop long.

Nina ne m'avait pas attendu ; Nina ne m'aimait pas.

Soudain, une frayeur imbécile me prit. Si la jeune fille était morte, là, dans la chambre, on me soupçonnerait.

Je descendis l'escalier à la hâte, sautant les deux dernières marches de chaque étage.

C'est ainsi que se terminèrent mes relations avec le couple Billard. Je ne suis plus retourné les voir, même pour leur demander les cinquante francs.

J'évite la place Saint-Michel. Pourtant, si Billard avait voulu, nous eussions été si heureux.

Je cherche un ami. Je crois que je ne le trouverai jamais.

NEVEU, LE MARINIER

J'aime à errer au bord de la Seine. Les docks, les bassins, les écluses me font songer à quelque port lointain où je voudrais habiter. Je vois, en imagination, des filles et des marins qui dansent, de petits drapeaux, des navires immobiles avec des mâts sans voile.

Ces songes ne durent pas.

Les quais de Paris me sont trop familiers : ils ne ressemblent qu'un instant aux cités brumeuses de mes rêves.

Un après-midi de mars, je me promenais sur les quais.

Il était cinq heures. Le vent retroussait mon pardessus comme une jupe et m'obligeait de tenir mon chapeau. De temps en temps, les fenêtres vitrées d'un bateau-mouche passaient sur l'eau, plus vite que le courant. L'écorce mouillée des arbres luisait. On voyait, sans bouger la tête, la tour de la gare de Lyon, avec ses horloges déjà éclairées. Quand le vent cessait, l'air sentait le ruisseau à sec.

Je m'arrêtai, et, m'accoudant sur le parapet, je regardai tristement devant moi.

La cheminée des remorqueurs tombait en arrière, avant les ponts. Des câbles tendus reliaient des péniches habitées au milieu. Une longue planche joignait un chaland au sol. L'ouvrier, qui s'aventurait dessus, rebondissait à chaque pas, comme sur un sommier.

Je n'avais pas l'intention de mourir, mais inspirer de la pitié m'a souvent plu. Dès qu'un passant s'approchait, je me cachais la figure dans les mains et reniflais comme quelqu'un qui a pleuré. Les gens, en s'éloignant, se retournaient.

La semaine dernière, il s'en était fallu de peu que je ne me fusse jeté à l'eau, pour paraître sincère.

Je contemplai le fleuve, en songeant à la monnaie gauloise qui devait se trouver au fond, lorsqu'une tape sur l'épaule me fit lever le coude, instinctivement.

Je me retournai, gêné d'avoir eu peur.

En face de moi, il y avait un homme avec une casquette de marinier, un bout de cigarette dans la moustache et une plaque d'identité rouillée au poignet.

Comme je ne l'avais pas entendu venir, je regardai ses pieds : il était chaussé d'espadrilles.

— Je sais que vous voulez mourir, me dit-il.

Je ne répondis pas : le silence me rendait intéressant.

— Je le sais.

Je levai les yeux le plus haut possible, pour les faire pleurer.

— Oui, je le sais.

Mes yeux ne pleurant pas, je les fermai. Il y eut un silence, puis je murmurai :

— C'est vrai, je veux mourir.

La nuit tombait. Des becs de gaz s'allumaient tout seuls. Le ciel n'était éclairé que d'un côté.

L'inconnu s'approcha et me dit à l'oreille :

— Moi aussi, je veux mourir.

D'abord, je crus qu'il plaisantait ; mais comme ses mains tremblaient, je craignis subitement qu'il ne fût sincère et qu'il ne m'invitât à mourir avec lui.

— Oui, je veux mourir, répéta-t-il.

— Allons donc !

— Je veux mourir.

— Il faut espérer en l'avenir.

J'aime les mots « espérer » et « avenir » dans le silence de mon cerveau, mais dès que je les prononce, il me semble qu'ils perdent leur sens.

Je pensais que le marinier éclaterait de rire. Il ne broncha pas.

— Il faut espérer.

— Non… non…

Je me mis à parler sans arrêt pour le dissuader de mourir.

Il ne m'écouta pas. Le corps droit, la tête baissée, les bras pendants, il avait l'air d'un banquier ruiné.

Heureusement, il paraissait avoir oublié que j'avais eu, moi aussi, l'intention de me tuer. Je me gardai bien de le lui rappeler.

— Partons, dis-je, avec l'espoir de quitter les quais.

— Oui, allons sur la berge.

Tout à l'heure, la pierre du parapet avait glacé mes coudes. Maintenant, le froid gagnait mon corps.

— Sur la berge ? demandai-je.

— Oui… il faut mourir.

— Il fait trop sombre, à présent. Nous reviendrons demain.

— Non, aujourd'hui.

Fuir eût été lâche. Ma conscience me l'aurait reproché toute ma vie. On ne doit pas laisser mourir quelqu'un. Mon devoir était de sauver cet homme. Mais, en restant là, il s'imaginait que je voulais me noyer, et si, au dernier moment, je refusais, il était capable de m'y contraindre. Les mariniers ont l'habitude de tirer des péniches au bout d'un câble. Pour eux, tirer un homme par le bras doit être très facile.

— Il vaut mieux rentrer, mon ami.

Le désespéré leva la tête. Il portait une tunique de soldat anglais sans boutons. Il les avait sans doute donnés. Sous cette tunique, un chandail au col détendu faisait des bourrelets sur le ventre. À la place d'une dent, il en avait deux. Des poils, que l'on eût pu compter, pointaient hors de ses oreilles. Un litre, avec un bouchon neuf, sortait à demi de l'une de ses poches.

Il me prit par le bras et m'entraîna vers un petit escalier. En baissant les yeux, je vis la berge, entre les marches de fer.

Je descendis lentement, posant les deux pieds sur une marche avant d'avancer, comme quelqu'un qui a une jambe de bois.

Je tenais la rampe plate et mince et, pour retarder le suicide, je faisais semblant de craindre une chute.

Les doigts du marinier s'enfonçaient entre mon biceps et l'os. De temps en temps, pour me dégager, je levais le bras : c'était inutile.

Sur la berge, il y avait un tas de sable pointu, des outils de la ville de Paris, une guérite et une brouette enchaînée. Je vis le dessous obscur d'un pont et le toit des autobus qui passaient sur le quai. Des courants d'air me poussaient dans le dos.

— On meurt plus facilement à deux, observa mon voisin.

Sans aucun doute ce marinier avait décidé de se noyer. Il pensait que je le suivrais. J'aurais voulu qu'il continuât de le croire. On n'aime pas que les gens vous soupçonnent d'avoir peur de la mort.

Nous étions au bord de la Seine comme au bord d'un étang. Il n'y avait plus de parapet. Je me trouvais si près de ce fleuve que cela m'étonna. Qui aurait cru, à voir la Seine couler entre les maisons, sous les ponts de pierre, qu'on eût pu l'approcher à ce point ?

Malgré moi, je songeai, comme je le fais toujours quand je vois une étendue d'eau, que je ne savais pas nager.

— Allons plus loin, dit l'inconnu, le courant nous emporterait contre les arches de ce pont.

J'approuvai tout de suite.

Un tramway ébranla la voûte du pont. J'eus peur qu'elle ne s'écroulât. Chaque fois que je passe sous un pont, la même frayeur me saisit. Le gravier grinça sous nos pieds comme du sucre pilé.

— Mais pourquoi tenez-vous tant à mourir ? demandai-je.

— Je n'ai pas mangé depuis trois jours. Je ne sais où coucher.

— Il y a des asiles.

— On me connaît trop. On ne veut plus de moi.

Des reflets s'enfonçaient à pic dans la Seine. La surface du fleuve remuait comme s'il y avait des phoques sous l'eau. Sur l'autre quai, les maisons avaient l'air, à cause de l'ombre, de descendre jusqu'au fleuve, comme à Venise.

— Allons, du courage, dit le marinier. C'est une mauvaise minute à passer. Après, le repos éternel.

— Vous êtes sûr ?

— Oui… allons… du courage.

Sa main, qui me serrait toujours à la même place, me causait une frayeur pareille à celle que nous cause un crabe que l'on ne voit pas et qui nous pince le pied.

— Lâchez-moi, d'abord.

Je ne voulais pas me tuer, mais si je m'étais résolu à le faire, je n'aurais pas voulu que quelqu'un m'eût tenu. On a besoin de toute son indépendance pour se tuer. Le suicide n'est pas la mort.

À l'encontre de ce que j'attendais, l'inconnu s'exécuta immédiatement.

L'air circula dans mes poumons comme si, au lieu de lâcher mon bras, il avait lâché ma gorge.

Le marinier se baissa et, avec deux doigts raides, prit la température de l'eau.

— Un peu froide, dit-il en s'essuyant.

— Eh bien, nous reviendrons.

— Non, il faut en finir.

Toute ma vie, je me suis trouvé dans des situations analogues. Ma solitude en est la cause. Je voudrais que l'on s'occupât de moi, que l'on m'aimât. Comme je ne connais personne, j'essaie d'attirer l'attention, dans la rue, car il n'y a que là qu'on puisse me remarquer.

Mon cas ressemble à celui du mendiant qui, en plein hiver, chante sur un pont, à minuit. Les passants ne donnent rien parce qu'ils trouvent cette façon de demander l'aumône un peu trop théâtrale. De même, en me voyant accoudé sur un parapet, mélancolique et désœuvré, les passants devinent que je joue la comédie. Ils ont raison. Mais, tout de même, ne pensez-vous pas que c'est une situation bien triste que celle de mendier à minuit sur un pont ou de s'accouder sur un parapet, pour intéresser le monde ?

Le marinier emplissait ses poches de cailloux, afin de couler plus vite.

— Faites comme moi, dit-il.

La situation s'aggravait. Je n'aurais pas voulu parler de mon argent, mais maintenant, il n'était plus possible de se taire. Jusqu'au dernier moment, j'avais espéré qu'un événement inattendu m'épargnerait de dire que je possédais un peu d'argent.

— Hé… hé…

Le désespéré qui, accroupi près d'un tas de sable, triait des cailloux, se retourna.

— Nous sommes sauvés !

Il me regarda sans comprendre.

— Je viens de m'apercevoir que j'ai un peu d'argent.

L'inconnu se leva, fit un pas. Des cailloux glissèrent entre ses doigts. Ses yeux brillèrent, au milieu seulement.

— Vous avez de l'argent ?

— Oui… oui.

Ahuri comme les gens qui ressuscitent doivent l'être, il ne bougeait pas. Une larme coula jusqu'à sa barbe. Puis, subitement, il sauta en l'air trois ou quatre fois de suite, en faisant la roue avec ses bras.

— Vous avez de l'argent ?

— Oui… oui.

— Montrez-le… Montrez-le.

J'ouvris mon portefeuille. Pour qu'il ne vît pas tous mes billets, j'en tirai un seul qui se déplia en sortant.

— Tenez, mon ami. Prenez ce billet de dix francs.

Le malheureux regarda le billet avec amour et, pendant une minute, il s'efforça de le déplisser.

Nous entrâmes dans un restaurant, moi le premier.

— Que prends-tu ?

Maintenant je le tutoyais, parce qu'il me devait la vie, et aussi, parce qu'il était plus pauvre que moi.

— Comme vous.

— Du rouge, alors ?

— Oui.

On nous apporta du vin dans un litre lavé, un pain fendu et quatre saucisses qui crépitèrent jusque dans nos assiettes.

Je payai.

Je paie toujours d'avance. De cette façon, je suis tranquille. Je sais que l'argent qui reste dans mon porte-monnaie m'appartient entièrement.

Le marinier se jeta sur les saucisses.

— Fais attention, mange lentement.

Il ne me répondit pas. Je sentis alors que je diminuais d'importance à ses yeux.

Quand il eut fini, je lui demandai :

— As-tu bien mangé ?

Il essuya sa moustache avec la paume de sa main avant de répondre « oui ».

Comme il ne me remerciait pas, j'ajoutai :

— Était-ce bon ?

— Oui.

— As-tu assez ?

— Oui.

J'étais ennuyé qu'il ne manifestât pas davantage sa reconnaissance.

Pour lui rappeler le cadeau que je lui avais fait, je lui demandai :

— As-tu encore les dix francs ?

— Oui.

Vraiment il n'était pas délicat. J'aurais été, à sa place, beaucoup plus poli avec un bienfaiteur. Il avait de la chance d'avoir affaire à moi. J'ai l'esprit large et je suis charitable. L'ingratitude ne m'empêche pas de faire le bien.

— Mais comment t'appelles-tu ?

— Neveu… et toi ?

Maintenant il me tutoyait. J'ai remarqué qu'il ne faut pas être familier avec les personnes mal élevées. Elles confondent la familiarité avec l'amitié. Tout de suite elles s'imaginent être votre égal. Les distances qui vous séparent disparaissent. Pourtant, moi, je n'ai jamais été familier avec quelqu'un qui, m'étant supérieur, se montrait familier avec moi. Je sais trop comme cela vexe les gens.

Je n'en voulais pas à Neveu, mais il aurait dû être plus délicat. Je l'avais bien été avec Billard.

Comme je suis très bon, je répondis à mon voisin :

— Victor Bâton.

À présent, une rougeur de fruit mûr teintait ses pommettes, sur l'os. Sa barbe frisait mieux. Des miettes de pain tenaient au chandail.

Neveu, malgré son manque de délicatesse, m'était sympathique. Enfin, j'avais trouvé un ami sur qui je pourrais compter. Il ne connaîtrait que moi. Ma jalousie n'aurait pas lieu de se manifester. En outre, j'étais fier d'être plus malin, plus débrouillard que lui. Quand nous sortirions ensemble, il passerait par les rues qui me plaisent ; il s'arrêterait devant les magasins que j'aime.

— Où dors-tu, ce soir ? demandai-je en sachant très bien qu'il n'avait pas de domicile.

— Je ne sais pas.

— Sois tranquille, je m'occuperai de toi.

Ma première pensée fut de lui faire un lit chez moi. Mais j'abandonnai bien vite ce projet. D'abord, la concierge m'aurait fait la tête. Ensuite, mon lit est une chose sacrée. J'ai, comme tout le monde, des manies, surtout dans ma chambre. S'il avait fallu que je dormisse avec une couverture en moins, je n'aurais pas fermé l'œil de la nuit. Le matin, pour me laver, je me serais gêné. Il valait mieux que je lui louasse une petite chambre à l'hôtel. Pour dix francs par semaine, on peut trouver une mansarde assez bien.

Ce fut à cette dernière résolution que je m'arrêtai. Cependant, je me gardai bien de l'annoncer au marinier. Je préférai le laisser dans l'anxiété.

À cet instant, je sentis que j'étais pour lui, de nouveau, la providence. Il était pâle. Quand les gens riches sont ennuyés, ils savent se donner une contenance. Il était pauvre, lui, il ne savait pas. Ses mains avaient des tics comme celles des dormeurs sur lesquelles une mouche se promène. Ses yeux inquiets bougeaient aussi nettement que ceux d'un nègre.

Ce n'est pas bien de se plaire à tenir quelqu'un à sa merci. Pourtant, j'étais excusable, car si je le faisais languir ainsi, c'était pour lui annoncer, tout à l'heure, une bonne nouvelle. Je n'aurais pas agi de cette façon si je n'avais pas voulu m'occuper de lui.

— Veux-tu boire, mon ami ?

— Oui.

Je commandai encore un litre de vin.

En trinquant, je constatai que mes ongles étaient plus propres que ceux de mon voisin. Je ne sus pas si je devais en être fier ou gêné.

Les verres une fois vides, je versai aussitôt à boire de crainte que Neveu ne me devançât. S'il avait pris la liberté de servir, cela m'eût choqué. Il m'aurait semblé qu'il ne tenait pas compte de ma supériorité. Il me tutoyait ; c'était déjà bien assez.

Nous étions gais. La tête me tournait, comme en balançoire. Je me sentais devenir bon, sans arrière-pensée, vraiment bon.

— Tu sais, Neveu, ne crains rien. Je te louerai une chambre. Si tu veux, on sera de vrais amis. On ne se quittera jamais.

L'expression du marinier changea subitement, peut-être à cause d'une mèche qui tomba sur sa tempe. Ses rides d'acteur, qui allaient des narines au coin des lèvres, devinrent moins profondes.

— Oui… oui… si tu veux.

Ce *tu* me choqua mais, tout de même, moins que la première fois. Je reconnaissais que j'avais eu tort. L'ivresse me donnait envie de partager tout ce que je possédais.

— Allons, sortons… dis-je en secouant les pans de mon pardessus saupoudrés de sciure.

Malgré mon état, je savais bien que le dernier litre n'était pas payé. Je fis semblant de l'oublier.

Neveu, pour ne pas me le rappeler, sortit le billet que je lui avais donné.

— Combien ? demanda-t-il à la patronne.

J'attendais inconsciemment cette question pour intervenir :

— Non… non… laisse… je paierai.

L'air frais du dehors ne chassa pas mon ivresse. La rue, pleine de monde, était floue comme quand on essaie les lunettes de quelqu'un. Les têtes des gens ressemblaient à des masques. Les phares des automobiles passaient à la hauteur de mon ventre. J'avais du coton dans les oreilles. Les moteurs de taxis avaient un air de ferraille chaude, sans valeur. Le trottoir bougeait sous mes pieds, comme quand on se pèse. On eût dit une rue de rêve, avec des lumières n'importe où.

J'étais si heureux que j'eusse aimé à le crier.

Maintenant, je ne voulais plus partager avec Neveu : je voulais tout lui donner. Je trouvais que ma pauvreté n'était pas assez grande. Mon Dieu, quelle joie est plus noble que celle de donner tout ce que l'on possède et de regarder, les mains vides, celui que l'on a rendu heureux !

J'allais tout offrir à Neveu, quand une pensée m'arrêta. Il n'en était peut-être pas digne.

Nous marchions depuis cinq minutes lorsqu'une idée d'homme bien nourri me vint à l'esprit. Je me retournai. Neveu était derrière moi.

— Hé… allons chez Flora !

— Flora ?

— C'est un endroit où l'on s'amuse.

Le marinier, qui était ivre, marchait de biais, une épaule plus basse que l'autre. Il suivait le bord du trottoir comme un équilibriste. Le coude sur le ventre, la main tremblant à la hauteur du menton, il avait l'air d'un dégénéré. Sa tête ballottait comme un ballon que retient une courte corde. Un bout de sa ceinture de flanelle pendait jusqu'à ses genoux.

— Tu vois, Neveu, on est mieux ici qu'entre deux eaux.

Je n'avais jamais été si heureux. Mon ami me suivait. C'était donc moi qui le conduisais. Je pensais que si j'avais tourné à gauche ou à droite, cela n'aurait pas eu d'importance puisque le marinier m'eût suivi.

Malgré la cohue, le chemin était toujours libre devant nous. Quand il fallait traverser une rue, un agent, comme par hasard, interrompait la circulation. Quand un encombrement obstruait le trottoir, un passage se faisait au moment où nous arrivions.

Nous prîmes une rue déserte. La lueur des réverbères bougeait sur les maisons, jusqu'au premier étage. Nos ombres, cassées aux genoux, tantôt nous précédaient, tantôt nous suivaient, sur les murs. En haut d'une maison, une fenêtre éclairée projetait son carré agrandi et affaibli sur la façade opposée.

De temps en temps, je m'appuyais à un mur : du plâtre s'introduisait sous mes ongles.

Ou bien je tâtais ma poche intérieure, car, malgré mon ivresse, je pensais à mon portefeuille. Je craignais que mon voisin ne profitât de mon état pour le voler.

Un gramophone retentit. Un numéro illuminait une porte.

Nous étions arrivés.

Je dois dire que seul je n'aurais jamais osé venir là. Quand on est deux, ce n'est pas la même chose. L'attention des gens ne se porte pas que sur vous.

Pourtant, l'émotion me donnait mal au ventre.

J'allais donc entrer dans une de ces maisons dont j'avais entendu parler depuis mon enfance. J'allais donc entrer en maître et non en suiveur de bande, comme au régiment.

Je sonnai.

Sans doute pour nous éviter le désagrément d'être vus stationnant là, la porte s'ouvrit aussitôt.

Nous entrâmes.

Grâce à un appareil spécial, la porte se referma toute seule.

Je pensai tout de suite à mon chapeau. Je me découvris et, pour avoir l'air d'un habitué, j'allai droit devant moi.

— Pas par là, cria une grosse femme, celle qui avait ouvert.

Elle avait des bas blancs, un sac de cuir au bout d'une chaînette d'acier et un tablier de dentelle trop petit pour servir de tablier.

Je m'arrêtai. Cette observation avait gâté mon entrée. J'aurais tant voulu avoir l'air de connaître les lieux.

Elle nous introduisit dans une salle qui surprenait par sa grandeur comme toutes ces salles qui se trouvent dans la profondeur d'une maison.

Quelques clients, contents d'être rasés, regardaient le disque du gramophone tourner. Au fond, il y avait une scène abandonnée avec des décors mélangés.

— Ces demoiselles dînent. Elles descendront dans quelques minutes. Que prenez-vous, messieurs, en attendant ?

Je sais que les consommations sont très chères dans ces endroits. Néanmoins, je commandai une bouteille de vin.

Nous nous assîmes.

J'avais gardé mon pardessus parce qu'il est très difficile à endosser, à cause de la doublure des manches.

L'attitude de Neveu me contrariait. Il n'avait pas ôté sa casquette. En outre, il n'avait pas de faux col. Et au lieu de faire l'humble comme il convient quand on n'est pas riche, il prenait un air provocant.

Je le poussai du coude.

— Ôte ta casquette.

Il obéit. Une raie rouge séparait son front, d'une tempe à l'autre.

Pendant que mon voisin frottait ses yeux avec son index mouillé, je nettoyai mes ongles, sous la table, avec une allumette.

Toutes les ampoules n'étaient pas encore allumées. On avait l'impression de se trouver dans un cinématographe, quand on arrive trop tôt. Les clients paraissaient forcés d'être là. Les mains étaient dans les poches. Les oreilles rouges luisaient comme les nez. La moleskine des banquettes avait des reflets de serge usée.

Le phonographe s'arrêta.

Un client en imita le son avec sa bouche. Cela ne doit pas être difficile car j'ai connu beaucoup de gens qui le faisaient.

Les femmes apparurent enfin. Je les comptai. Elles étaient au nombre de sept.

Leurs robes courtes exhalaient cette odeur de vice et de misère qu'exhalent les toilettes pailletées qui affublent les monstres de cire exposés dans les musées forains.

Elles avaient un teint pâle et luisant de poupée de carton glacé. Des bagues, en ligne sur les doigts, brillaient.

Quand l'une de ces filles galantes était seule, ses jambes semblaient bien faites, mais dès qu'elle se mêlait à ses compagnes, leurs défauts sautaient aux yeux, sans que je pusse m'en expliquer la raison.

Une femme vint s'asseoir près de nous et rebondit en riant sur la banquette. Elle avait des dents jaunes qui, à cause de la blancheur du visage, paraissaient plus jaunes encore. Les yeux étaient rayés comme un vieux cadran. Le parfum qu'elle dégageait sentait plus fort quand elle bougeait.

Neveu la regardait avec admiration. Il était complètement changé. Il parlait, il riait et ne se préoccupait plus de moi.

Soudain cette femme se leva, et, prenant le marinier par le bras, elle l'entraîna.

Je restai seul. Sur la table, il y avait trois verres et deux bouteilles.

Je payai tout et je sortis, l'âme pleine d'amertume.

J'aurais tout fait pour Neveu. Je l'aimais, lui qui était plus faible que moi.

Je lui ai donné dix francs au lieu de les conserver pour manger, il a préféré s'amuser. Aujourd'hui, il est peut-être mort, noyé. Pourtant, s'il m'avait écouté, s'il m'avait aimé, s'il ne s'était pas moqué de moi, nous aurions été heureux.

Moi aussi, ce jour-là, j'aurais suivi une femme avec plaisir. Je ne l'ai pas fait parce que je voulais lui louer une chambre.

Il n'a pas deviné que dans mon cœur il y avait des trésors de tendresse. Il a préféré satisfaire un désir.

Faites le bien, on vous remerciera de cette façon.

Est-ce donc si difficile de se comprendre sur la terre ?

MONSIEUR LACAZE

I

Les gares me font entrevoir un monde que je ne connais pas. L'atmosphère qui les enveloppe est plus subtile.

J'aime les gares, la gare de Lyon particulièrement. La tour carrée qui la domine me fait songer, sans doute parce qu'elle est neuve, aux monuments des villes allemandes que j'ai contemplés aux portières des wagons à bestiaux, quand j'étais soldat.

J'aime les gares parce qu'elles vivent jour et nuit. Si je ne dors pas, je me sens moins seul.

Les gares me révèlent la vie privée des gens riches. Dans les rues, ceux-ci ressemblent à tout le monde. Quand ils quittent Paris, je les entends parler, rire, commander. Je vois comment ils se séparent. Cela m'intéresse, moi, le pauvre, sans amis, sans bagages.

On devine que ces voyageurs ne voudraient pas être à la place de celui qui, comme moi, les regarde partir.

De grandes jeunes filles attendent que les malles soient enregistrées. Elles sont belles. Je les examine en me demandant si, habillées en ouvrières, elles seraient aussi belles.

J'aime la gare de Lyon parce que, derrière, il y a la Seine avec ses berges, avec ses grues qui tournent dans l'air, avec ses péniches immobiles comme des îlots, avec ses fumées qui, dans le ciel, se sont arrêtées de monter.

Un jour, ne sachant comment employer mon temps, je me décidai à passer quelques heures dans la gare de Lyon.

Les portes sans serrures battaient l'air. Mes pieds glissaient sur les dallages de verre, comme dans une forêt de sapins. Des publications collaient sur les carreaux humides d'un kiosque. Les courants d'air empêchaient les gens d'ouvrir leurs journaux. Derrière les guichets, il y avait de la lumière, malgré le jour. Les employés de chemin de fer avaient un air de parenté avec les sergents de ville.

Personne ne faisait attention à moi. J'étais triste. Je m'efforçais de le demeurer. Je voulais que les voyageurs eussent un remords, en partant, qu'ils pensassent à moi, en roulant vers d'autres pays.

Je marchais la tête basse et, quand je rencontrais une jolie femme, je la regardais avec mélancolie, pour la toucher. J'espérais qu'elle devinerait mon besoin d'amour.

Lorsque je sors de chez moi, je compte toujours sur un événement qui bouleversera ma vie. Je l'attends jusqu'à mon retour. C'est pourquoi je ne reste jamais dans ma chambre.

Malheureusement, cet événement ne s'est jamais produit.

— Hé... là-bas... l'homme !

M'étant retourné, je vis, à vingt mètres, un monsieur qui devait se trouver dans un courant d'air : son pardessus flottait comme sur le pont d'un navire. Une valise pendait au bout de son bras droit.

Ne sachant pas si c'était à moi qu'il s'adressait, j'attendis. Alors, il me fit un signe avec l'index, comme s'il pressait sur une gâchette.

Je regardai autour de moi, afin de m'assurer qu'il n'appelait pas quelqu'un d'autre et, ne voyant personne, je m'approchai.

Cet inconnu était gras. Son ventre sortait du veston. Les poils de sa moustache rousse étaient égaux.

J'étais ennuyé, non pas qu'il me prît pour un commissionnaire, mais du fait qu'il troublait mon amertume. Maintenant, quelqu'un me parlait ! Je ressemblais donc à tout le monde. À cause de cet homme je n'avais plus le droit de me plaindre.

— Prends cette valise, mon brave.

Il avait la paresse des gens qui ont voyagé et qui trouvent naturel que l'on se précipite sur eux, qu'on leur fraie un passage.

J'hésitais à prendre la valise : une jeune fille nous observait.

À la fin, m'étant résigné, je saisis la poignée de ma main valide et je suivis le voyageur.

Son pardessus se relevait derrière, sans doute parce qu'il s'était assis dessus.

À chaque instant, je m'arrêtais pour me reposer et pour regarder mes doigts écrasés.

Le voyageur, lui, ne s'arrêtait pas en même temps que moi. Il continuait sa route et m'attendait plus loin, pour n'avoir pas à m'adresser la parole.

Tout le long du chemin, je baissai les yeux, car j'étais honteux. La valise appuyée contre ma jambe faisait descendre mon pantalon.

J'aurais voulu raconter ma vie à cet homme : il se serait peut-être intéressé à moi. J'y tenais d'autant plus que, si je ne le faisais pas, j'aurais été mécontent de moi.

À certains moments, raconter mes souffrances était facile, à d'autres, impossible, surtout quand je m'apprêtais à parler.

Car, chaque fois que je me préparais à parler, ce voyageur cherchait un objet dans sa poche ou bien fixait son regard sur quelque chose. Il n'en fallait pas davantage pour m'en empêcher. Je craignais de déranger un monsieur aussi important. Je sentais que, pour m'écouter, il était indispensable qu'il n'eût rien d'autre à faire.

Dès que nous fûmes sur le trottoir, un taxi vint se ranger devant nous.

J'ouvris la portière aussi difficilement que celle d'un wagon : je ne savais pas de quel côté on tournait la poignée.

Le chauffeur baissa son drapeau et nous examina de haut en bas, comme un cavalier.

Il était si calme que je compris que les efforts que je faisais pour soulever la valise devaient paraître ridicules.

Le monsieur donna son adresse assez fort, à cause du moteur, puis étalant de la monnaie sur sa main, il choisit une pièce et me la tendit.

Je sentis que dans quelques secondes je rougirais. Moins par fierté que pour me rendre intéressant, je refusai. Je fis même un geste avec la main.

— Vous ne voulez pas ? interrogea le voyageur, changeant de ton et me disant vous.

Ce refus, pourtant ordinaire, l'avait ému.

Le chauffeur, violet comme une varice, nous observait, les mains sur le volant.

— Pourquoi refuser ? Vous êtes pauvre.

À cet instant, j'aurais dû balbutier quelque chose et me sauver. Mais je restais, espérant je ne sais quoi.

— Vous m'intéressez, mon brave.

L'inconnu sortit une carte de visite et, l'appliquant contre le taxi, il écrivit : « 10 heures. »

— Tenez… Venez me voir demain matin.

Il monta dans l'automobile, qui bascula comme une barque.

Immobile, la carte à la main, ne sachant que dire et voulant parler, je restais là, au bord du trottoir.

Le taxi vira dans la cour et repassa devant moi. Le chauffeur me regarda avec l'air de dire : « Malin, va ! » Je vis, une seconde, le monsieur qui allumait une cigarette.

Le taxi s'éloigna. Sans savoir pourquoi, j'en pris le numéro.

Je ne voulais pas qu'on me vît lire cette carte. Comme des gens me surveillaient, je m'éloignai.

Ce ne fut qu'après avoir marché pendant cinq minutes que je lus :

JEAN-PIERRE LACAZE
Industriel
6, RUE LORD-BYRON

Cette carte me fit une grande impression, à cause des deux prénoms reliés par un tiret, du mot « industriel » et de cette rue Lord-Byron, qui certainement ne se trouvait pas dans mon quartier.

Oui, demain, j'irais chez ce monsieur, à dix heures.

J'étais donc sauvé, puisqu'on s'intéressait à moi.

II

En rentrant le soir, je lavai à l'eau froide, dans ma cuvette, mes chaussettes et mon mouchoir.

La nuit je m'éveillai tous les quarts d'heure, chaque fois avant la fin d'un rêve. Alors, je pensais à l'industriel. Dans mon imagination il avait une fille que j'épousais ; il mourait en me léguant sa fortune.

Au matin, quand mes yeux s'ouvrirent, je compris que mon imagination m'avait mené trop loin. M. Lacaze devait être un homme comme tous les autres.

En faisant ma toilette, je résumai les événements de ma vie qui étaient susceptibles de l'intéresser, pour les lui dire.

Puis je fis choix. On a beau être malheureux, pauvre, seul, il y a toujours des choses qu'il vaut mieux taire.

J'ai deux complets : celui que je mets tous les jours et un autre qui a l'avantage d'être noir. J'hésitai à revêtir ce dernier ; je ne savais pas si M. Lacaze aimait mieux que j'eusse l'air pauvre ou bien que, pour lui, je me fusse endimanché.

Je me décidai à revêtir le complet noir. Je brossai les taches après avoir craché sur la brosse. Depuis longtemps, je brosse ces taches. Le soir, elles reparaissent toujours.

Je me lavai les bras jusqu'aux coudes pour qu'on ne remarquât pas que mon corps était sale. Je mouillai mes cheveux pour que ma raie tînt. Je mis une chemise propre, le seul col dur que je possède et qui n'avait été porté que deux fois et la cravate la moins froissée par les nœuds.

Je sortis.

Je ne me couvris pas tout de suite afin que mes cheveux eussent le temps de sécher. J'ai remarqué qu'il n'y a rien de plus laid que des cheveux qui ont séché sous un chapeau.

J'emportais mon portefeuille avec tous mes papiers. La carte de M. Lacaze se trouvait dans une poche vide, afin de n'avoir pas à la chercher en cas de besoin.

Il était huit heures. Rarement, je descendais si tôt. L'escalier n'avait pas encore été balayé. Il y avait un journal à cheval sur le bouton de la porte du docteur.

Ce docteur est un brave homme, comme tous les gens instruits.

À neuf heures, je me promenais déjà dans le quartier des Champs-Elysées.

À voir les maisons, les arbres émerger d'un brouillard jaune, on eût dit une photographie qui n'a pas été fixée. Pourtant, on sentait que le soleil percerait à midi.

Je demandai à un agent où se trouvait la rue Lord-Byron.

Le bras tendu sous sa pèlerine, il me la montra.

Je l'écoutai en me demandant ce qu'il penserait de moi si, tout à l'heure, je prenais une autre direction.

La maison de la rue Lord-Byron qui porte le numéro 6 est riche. Cela se remarque tout de suite. Des vitraux servent de carreaux aux fenêtres du rez-de-chaussée. Les volets de fer se plient comme un paravent. Au-dessus de la porte cochère, deux masques sont sculptés dans la pierre : ceux de la tragédie et de la comédie, sans doute. Deux petits trottoirs bordent le couloir pour qu'on puisse se mettre à l'abri quand une automobile sort.

Un concierge, bien habillé, balayait le trottoir déjà propre. Il me remarqua. Cela m'ennuya car, tout à l'heure, quand je reviendrais, il me reconnaîtrait.

Je traversai la rue, afin d'avoir une vue d'ensemble de la maison lorsque, craignant subitement que M. Lacaze ne m'aperçût, je pressai le pas avec l'air distrait des gens qui se savent observés.

Bientôt, je me trouvais dans une avenue déserte et arrosée, comme un jardin le matin.

Personne ne secouait de torchons aux fenêtres. Les automobiles tournaient prudemment au coin des rues. Les domestiques mettaient un veston et un chapeau pour sortir. Partout, les mêmes portes cochères de bois noir et luisant. De temps en temps, un tramway vide sautait sur les rails bosselés. Les réverbères étaient plus grands que ceux de mon quartier.

Il allait être dix heures. Je revins sur mes pas, en changeant de trottoir pour voir du nouveau.

J'arrivai devant le 6 de la rue Lord-Byron quelques minutes en avance. Je m'arrange toujours pour arriver trop tôt. De cette façon j'ai le temps de me préparer.

Après avoir passé trois ou quatre fois devant la porte, j'entrai. La carte de visite de M. Lacaze était dans ma poche. Je la touchais rarement afin de ne pas la salir. C'est si laid, des empreintes de doigt sur quelque chose de blanc. Des gouttes froides de sueur tombaient de mes aisselles, le long de mes côtes.

Au travers d'une porte vitrée, je vis un escalier sous un tapis.

Le concierge, immobile au milieu de la cour, regardait une fenêtre.

Je l'appelai, il se retourna.

— Monsieur Lacaze ? demandai-je.

Et pour prouver que je connaissais M. Lacaze, je tendis la carte de visite. J'étais fier car certainement le riche industriel ne donnait pas sa carte à n'importe qui.

Le concierge prit la carte. Une calotte raide le coiffait. Un plumeau pendait au cordon de son tablier.

— C'est vous le monsieur qui devez venir à dix heures ?

— Oui, monsieur.

— Prenez l'escalier de service, au fond de la cour. C'est au deuxième.

Comme il ne me rendait pas la carte, je la lui demandai, car j'y tenais.

— Tenez… tenez… la voilà.

En traversant la cour, je sentis qu'il me suivait des yeux. Cela me gêna. Je n'aime pas qu'on me regarde le dos quand je marche. Cela me fait marcher mal. Je pense à mes mains, à mes talons et à mon épaule trop haute.

Dans l'escalier de service, je respirai mieux.

Une ampoule éclairait chaque étage et, parce qu'il faisait jour, je vis les fils à l'intérieur de ces ampoules. Même dans cet escalier, il y avait des sonnettes électriques.

En gravissant les marches, je songeais au concierge. Je ne pouvais croire que M. Lacaze lui avait parlé de moi. Ce concierge, certainement par jalousie, m'avait fait monter par l'escalier de service. Il avait vu, avec son œil de domestique,

que j'étais pauvre. Si l'œil des domestiques est si exercé, cela tient au fait qu'ils haïssent leur métier. Ils ont renoncé à leur indépendance, vis-à-vis des riches seulement. L'instinct de la liberté qui, malgré tout, existe au fond de leur cœur, leur permet de discerner tout de suite un riche d'un pauvre, un maître d'un homme comme eux.

Au deuxième, je sonnai. Une bonne m'ouvrit. Elle était sans doute prévenue car, avant que j'eusse le temps de parler, elle me pria d'entrer, avec un air protecteur.

Je la suivis. Nous traversâmes la cuisine, qui sentait déjà la friture, puis un long corridor.

Subitement, je me trouvai dans une antichambre.

— Attendez… je vais prévenir monsieur.

Alors, j'entendis la voix de l'industriel, au travers de la cloison. Il disait :

— Faites-le entrer, ce pauvre homme.

Je fus vexé. On n'aime pas que les domestiques sachent ce que leur maître pense de vous. En outre, M. Lacaze n'ignorait certainement pas que je l'entendais.

Mais, comme je ne connais pas les habitudes des gens riches, je ne voulus pas me formaliser.

Il se pouvait que M. Lacaze eût à s'occuper de choses autrement importantes que de ces questions d'amour-propre.

La bonne reparut. En me conduisant vers le bureau, elle murmura :

— N'ayez pas peur… Monsieur est si bon.

J'étais rouge. Mes mains suaient en dedans. Abêti par l'émotion, j'allais vers la porte ouverte et pleine de la lumière du jour, comme un morceau de bois vers le centre d'un tourbillon. Je ne pensais même pas à réagir. Je me disais :

« Qu'on fasse de moi ce que l'on voudra. »

J'entrai.

La porte se referma derrière moi, sans bruit. Deux fenêtres descendaient jusqu'au parquet : du milieu de la pièce je vis la rue. J'étais ébloui. Le seul pouvoir qui me restait était d'accentuer ma gaucherie. Le bord de mes oreilles me brûlait, comme quand on a eu froid. Ma bouche était sèche, à force d'avoir respiré sans faire de salive.

Les yeux grands ouverts, les cils en l'air, je regardais M. Lacaze.

C'était un autre homme. Il n'avait ni chapeau ni pardessus. Il était en noir. Une raie blanche séparait ses cheveux en deux parts égales. Ses oreilles plates bougeaient parfois, de bas en haut, très vite.

Dans la gare, il ne m'avait pas tant imposé. J'ai l'habitude de voir des gens riches, dehors. Mais ici, debout, touchant du bout des doigts son bureau, avec sa redingote dont les boutons étaient recouverts d'étoffe, avec sa chemise empesée qui ne le gênait pas, il m'écrasait de sa supériorité.

— Asseyez-vous, mon brave.

Il m'avait dit cela tout de suite, mais j'étais si ému qu'il me semblait que je me tenais debout depuis longtemps.

Il regarda une montre en or dont les aiguilles élancées donnaient autant d'importance aux minutes qu'aux heures.

— Allons… asseyez-vous.

J'avais compris, mais ma timidité m'empêchait d'obéir. Les fauteuils étaient trop bas. Assis, j'aurais paru son égal, ce qui m'eût gêné. Et dans le fond de mon âme, je sentais qu'en ne m'asseyant pas, il était flatté.

— Asseyez-vous donc… n'ayez pas peur.

Je dus faire plusieurs pas pour atteindre le fauteuil qu'il m'avait désigné avec toute la main.

Je m'assis et mon corps s'enfonça plus encore que je ne m'y attendais. Mes genoux étaient trop hauts. Mes coudes glissaient sur les accoudoirs arrondis.

Je fis des efforts pour ne pas appuyer ma nuque contre le dossier : c'eût été trop familier. Mais mon cou se fatiguait, comme quand on lève la tête, au lit.

Mon chapeau, sur mes genoux, sentait les cheveux mouillés. Mes yeux rasaient le niveau de la table, comme ceux d'un géomètre. M. Lacaze manipulait un coupe-papier, un bout après l'autre. Je voyais son poignet jusqu'au coude, dans la manchette. Sous le bureau, ses jambes étaient croisées. Celle qui ne touchait pas le parquet tremblait. La semelle du soulier était neuve, à peine blanchie au milieu.

— Mon brave, je vous ai fait venir parce que je m'intéresse aux pauvres.

Je changeai de position. Aucun bruit de ressort ne sortit du fauteuil.

— Oui, je m'intéresse aux pauvres, aux vrais pauvres, bien entendu. Je déteste les gens qui exploitent la bonté d'autrui.

S'appuyant au bureau, il se leva comme quelqu'un qui a mal aux genoux, puis il arpenta la pièce, les mains derrière le dos, en faisant claquer deux doigts, à la manière d'une danseuse espagnole.

Ma tête se trouvait à la hauteur de son ventre. Gêné, je levai les yeux pour le regarder en face.

— J'aime les pauvres, mon brave. Ils sont malheureux. Chaque fois que j'ai l'occasion de leur venir en aide, je le fais. Vous, vous me paraissez être dans une situation intéressante.

— Oh ! monsieur.

Sur la cheminée, trois chevaux dorés buvaient une glace dans un abreuvoir doré.

— Votre délicatesse m'a beaucoup plu.

— Oh ! monsieur.

Je me réjouissais de la tournure que prenait la conversation lorsque la porte s'ouvrit. Une jeune fille apparut et, m'apercevant, hésita à entrer. Elle était blonde et belle, comme ces femmes qui, sur les cartes postales anglaises, embrassent le museau d'un cheval.

— Entre donc, Jeanne.

Je me levai, assez difficilement.

— Restez assis... restez assis... me dit l'industriel.

Cette injonction m'humilia. M. Lacaze m'avait commandé de rester assis pour me faire comprendre que je n'avais rien à voir avec les siens.

Il s'installa à son bureau et écrivit quelque chose. La jeune fille attendait et, de temps en temps, elle me regardait à la dérobée.

Nos yeux se rencontrèrent. Aussitôt elle détourna la tête.

Je sentis que j'étais, pour elle, un être d'un autre monde. Elle m'épiait afin de savoir comment j'étais fait, de la même manière qu'elle eût épié une femme galante ou un assassin.

Enfin, elle se retira, un morceau de papier à la main. Elle s'arrangea, en fermant la porte, pour me voir.

— Avez-vous été soldat ?

— Oui, monsieur.

Je montrai ma main mutilée.

— Ah ! vous avez été blessé ; à la guerre, j'espère.

— Oui.

— Vous touchez donc une pension ?

— Oui, monsieur… trois cents francs chaque trimestre.

— Invalidité 50 % alors

— Oui.

— Et vous travaillez ?

— Non, monsieur.

J'ajoutai aussitôt :

— Mais je cherche.

— Votre cas est intéressant. Je m'occuperai de vous. En attendant, tenez.

M. Lacaze sortit son portefeuille.

J'eus un frisson qui me donna l'illusion que la peau de mon crâne se plissait.

Combien allait-il me donner ? Mille francs peut-être !

Il compta des billets épinglés, comme on feuillette un livre. Je suivais chacun de ses gestes.

Il ôta l'épingle et me tendit un billet de cent francs, non sans l'avoir froissé pour s'assurer qu'il était seul.

Je le pris. J'étais gêné de le tenir à la main et je n'osais le mettre tout de suite dans ma poche.

— Allons, cachez-le et, surtout, ne le perdez pas. Vous achèterez un complet d'occasion. Le vôtre est trop grand.

— Bien, monsieur.

— Et vous viendrez me voir dans votre nouvel habit.

Pendant que M. Lacaze parlait, je pensais que je n'aurais pas dû accepter le billet si vite. Mon attitude ne concordait plus avec celle de la gare.

— Venez me voir…

L'industriel consulta un agenda, en traînant sur le mot « voir ».

— Venez me voir après-demain, à la même heure. Je vous attendrai.

Il inscrivit quelque chose, puis il me demanda :

— Mais, au fait, comment vous appelez-vous ?

— Bâton Victor.

Après avoir noté mon nom et mon adresse, il sonna.

La bonne me reconduisit.

— A-t-il été gentil ? questionna-t-elle.

— Oui.

— Vous a-t-il dit de revenir ?

— Oui.

— C'est que votre cas est intéressant.

III

La rue était calme. On ne voyait pas le soleil, pourtant on le sentait. Le trottoir, qui allait se trouver à l'ombre dès que le ciel s'éclaircirait, était plus frais.

Je marchais vite pour pouvoir être plus seul et pour pouvoir mieux réfléchir.

M. Lacaze m'avait impressionné non seulement à cause de sa richesse, mais parce qu'il avait de la volonté. Les événements ne s'étaient pas passés comme, la nuit, je me l'étais imaginé. Il en est toujours ainsi. Je le sais et j'ai beau me contraindre à ne pas faire de suppositions, mon imagination prend chaque fois le dessus.

Certaines réflexions de l'industriel m'avaient vexé, mais, après tout, il ne me connaissait pas. Peut-être que, moi aussi, je l'avais vexé.

Les gens riches ne nous ressemblent pas. Ils ne doivent pas attacher beaucoup d'importance aux petits faits.

Il était onze heures. La perspective de retourner dans mon quartier ne me souriait pas. J'avais de l'argent. Pourquoi ne serais-je pas allé à Montmartre bien boire et bien manger et oublier pendant quelques heures ma solitude, ma tristesse et ma pauvreté ?

À midi, j'arrivai sur les boulevards extérieurs. J'avais faim et pour être plus affamé encore, je flânais exprès.

Des arbres maigres, sans feuilles, sans écorce, ficelés à un poteau, plantés dans un trou sans grille, se suivaient de cinquante en cinquante mètres. Entre chacun d'eux, il y avait un de ces bancs marron, sur quoi on est obligé de se tenir droit. Par-ci par-là, une baraque Vilgrain vide, un chalet de nécessité avec des affiches d'avant-guerre, un étranger qui déplie un plan ou qui consulte un Bædeker, reconnaissable à la tranche.

Je m'arrêtai devant chaque restaurant pour lire le menu polycopié, collé sur une vitre.

Enfin, je pénétrai dans un restaurant à demi dissimulé par des caisses d'arbustes.

On ne voyait pas les pieds des tables, à cause des nappes. Il y avait du monde, des glaces qui se reflétaient les unes dans les autres jusqu'à ce qu'elles devinssent trop petites, des chapeaux obliques aux portemanteaux et une caissière sur un tabouret trop haut.

Je m'assis. L'huilier, le menu debout entre deux verres, une carafe à facettes et une corbeille à pain, étaient à la portée de ma main.

En face de moi, un monsieur qui, pourtant, avait l'air honorable, dessinait des femmes nues pour avoir le plaisir de noircir un triangle, au milieu. Plus loin, une dame se curait les dents avec une épingle ; moi, je n'aurais pas pu faire cela.

— Rose, l'addition, cria un client dont la voix me parut étrange, sans doute parce que je ne l'avais jamais entendue.

La bonne s'approcha, avec son tablier blanc, son crayon dans les cheveux et ses ciseaux pour les raisins.

Je la regardai. Ses jambes montaient dans la jupe. Ses seins étaient trop bas. La gorge blondissait au bord du corsage. Quand elle s'en alla, emportant des assiettes sales, le corps me sembla moins défendu, la nuque plus intime, parce que je la voyais de dos.

Enfin, elle s'occupa de moi. Elle m'apporta successivement un litre de vin, une sardine sans tête, une tranche de rôti avec un morceau de ficelle, une purée rayée à la fourchette.

Un nouveau client s'installa à côté de moi. Je dus manger les coudes serrés contre le corps, ce qui m'est désagréable. Il commanda une bouteille d'eau de Vichy. Il écrivit son nom sur l'étiquette, parce qu'il ne buvait pas tout le même jour.

Un mendiant entra dans le restaurant, mais il n'eut pas le temps de faire la quête, car la bonne le chassa avec sa serviette, comme au temps où, fille de ferme, elle effarouchait les oies en gesticulant.

Mon assiette, essuyée à la mie de pain, avait des reflets gras.

Je criai, comme je l'avais entendu faire :

— Rose, l'addition.

La bonne crayonna des chiffres au verso d'un menu, puis, pour me rendre la monnaie, tint entre ses dents le billet que je lui avais donné.

Bien qu'un peu ivre, je sortis avec la gaucherie d'un homme nu.

Après avoir acheté des cigarettes *High Life* qui, malgré cette appellation, ne coûtent qu'un franc, j'entrai dans un bar.

Une vapeur légère s'évadait en sifflant d'un percolateur nickelé. Un garçon enroulé dans un tablier blanc essuyait avec un linge l'empreinte des verres sur les guéridons. Les cuillers sonnaient contre les tasses épaisses, ainsi que de la fausse monnaie.

Comme j'aime à me regarder de profil, je m'installai de façon à voir dans une glace une autre glace reflétant mon image.

Quatre femmes qui fumaient occupaient une table. Leur corsage était teint à la boule colorante. L'une d'elles avait un de ces manteaux sur lesquels on souffle pour savoir si c'est de la loutre.

Justement celle-là se leva et, le manteau ouvert, la cigarette entre deux doigts raides, elle vint à moi. Les talons de ses souliers étaient trop hauts.

Elle avançait comme quelqu'un qui marche sur la pointe du pied.

Elle s'assit près de moi.

Sa bouche paraissait dessinée sur la peau, tellement le contour en était net. La poudre de riz, grenue aux narines, sentait bon. Elle avait sur les lèvres un peu de l'or du bout de sa cigarette.

Elle croisa les jambes avec désinvolture, ainsi qu'un homme. Je remarquai que ses bas blancs étaient noirs à l'os de la cheville.

— Alors, que m'offres-tu, mon ami ?

Après tout, pour une fois, je pouvais bien oublier mes chagrins et m'amuser.

— Ce que vous voudrez.

Le garçon, qui ne semblait pas trouver bizarre l'attitude de cette femme, s'approcha.

— Une bénédictine, Ernest.

— Bien, et vous, monsieur ?

— Merci… rien… j'ai déjà pris un café, et je montrai ma tasse.

— Allons… prends donc quelque chose avec moi… mon chéri.

— Oui… si vous voulez… une bénédictine.

Quand ma voisine eut bu sa liqueur, elle se leva et, après avoir cherché son chapeau à la place qu'elle avait occupée précédemment, elle me pria de l'attendre.

J'attendis jusqu'à six heures. Elle ne revint pas : elle s'était moquée de moi.

J'appelai le garçon et, en payant, je lui expliquai, sans qu'il me le demandât, qu'un mal de tête violent m'avait contraint de rester là.

Puis, je sortis. Ce ne fut qu'après avoir rôdé une demi-heure autour de ce bar, que je réussis à m'en éloigner.

La nuit tombait. L'air était lourd. Les rues sentaient le macadam, comme quand on les répare. J'avais l'impression désagréable de sortir de table alors que les gens se préparent à s'y mettre.

IV

J'avais lu, à la devanture d'une boulangerie, une pancarte ainsi conçue :

Complet noir à vendre, pour cause de décès : pantalon, veste, gilet. S'adresser à l'intérieur.

Le lendemain, de crainte que cette pancarte ne fût retirée, je me levai de bonne heure.

Quand j'entrai dans la boulangerie, le patron que je voyais tout entier, car une glace reflétait son dos, me demanda ce que je désirais, en commerçant qui n'attendait pas après moi.

— C'est pour le complet, monsieur.

— Bien.

Il appela sa femme qui plaçait des pains de fantaisie debout. Bien que celle-ci fût très grosse, une ceinture faisait le tour de sa taille.

Elle s'approcha, salie aux genoux par de la farine, comme par un pneu de bicyclette.

— Monsieur vient pour le complet, expliqua le boulanger.

La patronne s'apprêtait à me renseigner lorsqu'un client entra.

Elle me délaissa pour le servir, cependant que son mari faisait glisser dans un tiroir ouvert – comme on attrape une mouche – les pièces qui se trouvaient sur la caisse de marbre.

Des billets de banque en désordre emplissaient un casier de ce tiroir. Les déplier, les compter, le soir, quand la boutique est fermée, cela doit causer une grande joie.

— Mais comment s'appelle la personne qui vend le complet ? demandai-je.

— C'est la veuve Junod.

En apprenant que cette personne était une veuve, j'en ressentis un vif plaisir. Je préfère avoir affaire aux femmes qu'aux hommes.

— Et elle habite au 23.

— Je vous remercie.

Pour sortir, je fis un détour parce qu'une jeune fille accroupie lavait d'une main les cubes en perspective du dallage.

Des balcons donnaient une apparence bourgeoise à la maison qui portait le numéro 23.

Je tâtai mon portefeuille. Je prends toujours cette précaution avant d'acheter quelque chose et, parfois même, quand je n'achète rien.

Sous le porche, il y avait un tapis humide, épais, pour s'essuyer les pieds et, plus loin, dans l'ombre, une porte vitrée qui ne s'ouvrait pas du côté auquel on s'attendait.

— La concierge !

Une voix qui venait de l'escalier me cria :

— Voilà.

— Madame Junod ? demandai-je poliment.

La concierge ne répondit pas. L'importance qu'elle avait en ce moment s'évanouirait dès que, moi aussi, je saurais à quel étage demeurait la veuve.

— Madame Junod, répétai-je.

— C'est pour quoi ?

— Pour le complet.

— Au deuxième, porte à gauche.

Le mur de l'escalier imitait le marbre. Le vieux bois des marches était ciré.

Au premier étage, je lus : entresol ; au deuxième : premier.

Comme j'avais compté deux étages, je m'arrêtai. À la porte de gauche, un cordon d'étoffe pendait jusqu'à la serrure. Je le tirai doucement, car il me parut peu solide.

Une clochette tinta, non pas derrière le mur, mais loin, dans l'appartement. Puis, on ferma une porte – celle de la cuisine, probablement.

Un monsieur, sans chapeau et sans cravate, apparut. J'eus l'impression de l'avoir surpris. En le regardant, je me demandai ce qu'il avait bien pu faire avant que je sonnasse.

— C'est pour le complet, dis-je enfin.

— Quel complet ?

— J'ai vu à la boulangerie une…

— C'est au-dessus, monsieur. La concierge a dû vous le dire.

Il me montra le plafond avec l'index.

— La concierge m'a dit au deuxième.

— Ici, vous êtes au premier… lisez donc.

Je m'excusai et montai à l'étage au-dessus. Cette fois, je ne me trompais pas. La carte de visite de Mme Junod était clouée à une porte. Un trait à l'encre rayait l'adresse.

Je sonnai. Une petite femme laide et bien coiffée m'ouvrit. Une alliance bougeait sur la phalange maigre d'un de ses doigts. C'est curieux, comme l'alliance des femmes laides saute aux yeux.

— C'est pour le complet, madame.

— Ah ! entrez… monsieur… entrez.

Cette invitation me fit plaisir. Les gens qui ont confiance en moi sont si rares.

J'essuyai longuement mes pieds comme je le fais chaque fois que je vais chez quelqu'un, pour la première fois. J'ôtai mon chapeau et je suivis cette dame.

Elle m'introduisit dans une salle à manger. Je me tins au milieu, loin de tout ce qui aurait pu être emporté.

— Asseyez-vous, monsieur.

— Merci… merci.

— Alors, c'est pour le complet.

— Oui… madame.

— Ah ! monsieur, si vous saviez ce qu'il m'en coûte de me séparer des effets de mon pauvre époux. Il est mort à la fleur de l'âge, monsieur. S'il savait que je fusse obligée de vendre ses habits, à lui, pour vivre…

J'aime qu'on me fasse des confidences, comme j'aime qu'on me dise du mal des gens. Cela donne de la vie aux conversations.

— Quoi de plus pénible que de vendre des objets avec lesquels on a vécu et qui vous sont aussi familiers que les grains de beauté de votre corps !

— C'est vrai… On tient aux souvenirs, dis-je en levant la main.

— Surtout aux souvenirs qui vous rappellent tant de choses. Ah ! si je pouvais, je le garderais, ce complet. Il allait si bien à mon mari. Mon pauvre mari avait justement votre taille. Il était peut-être un peu plus fort. Il est vrai que c'était un homme fait. Il était chef de bureau. Vous avez dû le lire sur sa carte de visite, à la porte.

— Je n'ai pas fait attention.

— L'adresse est rayée parce que nous avions fait imprimer ces cartes avant d'habiter ici. Oui, ce complet m'évoque des souvenirs. Nous avons été, mon mari et moi, l'acheter ensemble à Réaumur. J'ai conservé la facture. Je vous la donnerai. C'était un après-midi de printemps. Les gens cherchaient des yeux les bourgeons dans les arbres. Le soleil éclairait le ciel tout entier. Un mois après, mon mari mourait. Il avait porté ce complet deux fois, deux dimanches.

— Seulement ?

— Oui, monsieur. Un complet de 160 francs en 1916. En ce temps-là, l'argent avait plus de valeur qu'aujourd'hui. C'est un complet. Il y a le pantalon, la veste et le gilet. Attendez, je vais le chercher.

Mme Junod revint quelques instants après, avec le complet enveloppé dans une toile.

Elle le posa sur la table, ôta les épingles et prenant la veste elle me la montra devant et derrière, au bout de son bras tendu.

Je touchai l'étoffe.

— Regardez la doublure, monsieur.

En effet, le complet était neuf. Il n'y avait pas de taches sous les bras. Les boutonnières et les poches étaient raides.

— C'est un crève-cœur pour moi, monsieur, de me séparer de ces reliques. J'ai peur que mon mari, qui est au ciel, ne me voie. Mais, que voulez-vous, je ne suis pas riche. Il faut vivre. Mon mari me pardonnera. Tenez, regardez, nous voilà.

Elle me montra une photographie haute d'un mètre qui représentait un couple de mariés.

— Vous voyez, monsieur, c'est l'agrandissement d'un agrandissement. Plus mon mari est grand, plus il me paraît vivant.

Je regardai longuement les mariés. Je ne reconnaissais pas Mme Junod.

— Oui, monsieur, c'est bien nous, en 1915. Le lendemain, nous partions pour la campagne.

Elle me toisa des pieds à la tête.

— Il était de votre taille, un peu plus fort tout de même.

Je pensai que s'il était plus gros, le complet ne m'irait pas. Par délicatesse, je ne parlai pas de ma crainte.

— En 1914, nous étions déjà fiancés. Oh ! monsieur, ces soirées au bord de la Seine. À Paris, il faisait trop chaud. Et tout ce monde, à cause de la guerre, nous incommodait.

— Mais votre mari n'était pas soldat.

— Oh, monsieur, pensez-vous. Il n'était pas fort. Et lui, justement, qui aurait dû vivre puisqu'il n'était pas soldat, il a été emporté par une maladie.

— C'est la vie, murmurai-je.

— Oui, ainsi va le monde.

— Mais de quoi est-il mort ? demandai-je, craignant subitement que ce ne fût d'une maladie contagieuse.

— D'une congestion.

Profitant de ce que la veuve se recueillait, je demandai le prix du complet.

— Il n'est pas cher, monsieur, soixante-quinze francs. Regardez cette coupe.

Elle fit avec la main un demi-cercle qui figurait, sans doute, une taille imaginaire.

— Touchez l'étoffe. C'est du drap anglais d'avant-guerre. Vous pouvez vous en rendre compte. Dans les plus grands magasins, vous ne trouverez plus cette étoffe.

Devant la loge, je marchai vite, gêné parce que la concierge savait qu'il y avait un complet dans le paquet que je portais sous le bras.

Une voix m'appela.

Je me retournai. La concierge, qui m'avait guetté, était là, près de l'escalier.

— Le monsieur du premier s'est plaint. Je vous avais pourtant dit que Mme Junod habitait au deuxième. Il faut faire attention. C'est moi que les locataires rendent responsable.

Pour ne pas provoquer une histoire, je partis sans me fâcher.

À cause de mon complet, je n'allai pas manger chez Lucie : elle se serait moquée de moi.

Je déjeunai dans un de ces petits restaurants où le menu est écrit à la craie sur une ardoise, puis, pour passer le temps, je me promenai par les rues.

La veste me serrait un peu sous les bras. Les manches, trop longues, me chatouillaient les mains. Le pantalon moulait trop mes cuisses. Mais le noir me va bien.

Le pardessus ouvert, je me regardais à toutes les devantures, sans en avoir l'air. J'ai remarqué que je suis beaucoup mieux dans les vitrines que dans les vraies glaces.

Quand je sentis ma digestion terminée, j'entrai dans un établissement de bains. Je savais qu'il y avait un côté pour les hommes et un autre côté pour les dames. Sans cela, je ne serais pas entré.

La caissière me donna un numéro. Pourtant, j'étais seul.

Le garçon ne tarda pas à m'appeler.

Je pénétrai dans une cabine. La porte ne fermait pas à clef. Ce détail m'ennuya pendant tout le bain, surtout lorsque j'entendis des pas.

Comme j'avais les pieds froids, la chaleur de l'eau me parut très agréable.

Je me savonnai avec un petit savon qui ne pouvait sombrer, tout en prenant garde à mes yeux. Je m'amusai à flotter.

Comme l'eau se refroidissait, je me levai d'un bond et m'essuyai – la figure d'abord – avec une serviette qui se mouilla aussi vite qu'un mouchoir.

En sortant de l'établissement de bains, je me sentis si bien, que je me promis de revenir chaque fois que j'aurais de l'argent.

V

Ce fut à dix heures juste que j'arrivai chez M. Lacaze.

J'avais revêtu mon bel habit et, pour la première fois de la saison, je sortais sans pardessus.

Je pénétrai dans le bureau avec plus d'assurance que l'autre jour.

L'industriel causait avec sa fille. En me voyant, il parut étonné.

— Assieds-toi, dit-il, je suis à toi dans une minute.

Il avait oublié qu'avant-hier il m'avait dit vous. Puis, s'adressant à la bonne :

— Je vous ai déjà répété vingt fois qu'il ne faut introduire personne avant de me prévenir.

— Alors, tu ne peux pas venir aujourd'hui, demanda la jeune fille, dès que je fus assis.

— Non, mon enfant.

— Et demain ?

— Mais tu n'es pas libre !

— Si, après quatre heures. Je sors du Conservatoire à quatre heures.

— Je ne pourrai pas. Samedi, si tu veux.

— Bien.

Après avoir embrassé son père, la jeune fille sortit. Comme l'autre fois, elle me jeta un coup d'œil, en fermant la porte. Bien que venant de loin, ce regard me troubla.

— Alors, mon brave, as-tu acheté le complet ?

— Oui, monsieur.

— Très bien, lève-toi.

J'obéis, un peu gêné de n'avoir pas de pardessus.

— Tourne-toi.

Je m'exécutai en levant mon épaule trop basse.

— Mais il te va très bien. On dirait qu'il a été fait sur mesure. Combien l'as-tu payé ?

— Cent francs.

— Ce n'est pas cher. Maintenant je peux t'envoyer à mon usine. Tu es présentable. Je peux te recommander au chef du personnel.

M. Lacaze dévissa un porte-plume réservoir, le secoua et écrivit quelques lignes sur une carte de visite.

Pour qu'il ne me soupçonnât pas de lire pardessus son épaule, je m'éloignai ostensiblement.

— Tiens ! cria l'industriel en examinant la carte de profil pour voir si l'encre avait séché.

Je mis cette carte dans mon portefeuille, sans l'avoir lue, et je m'assis espérant que M. Lacaze s'occuperait de moi, me poserait des questions.

Aujourd'hui que j'étais moins ému, je me sentais capable de répondre intelligemment et, partant, de me rendre intéressant.

— Alors, au revoir, mon brave, Bâ… Bâ… Bâton. C'est tout pour aujourd'hui. Va demain matin, à sept heures, à mon usine, de 97 à 125, rue de la Victoire, à Billancourt. Tu demanderas monsieur Carpeaux. Il te donnera du travail. Quand tu auras un jour de congé, tu n'as qu'à venir me voir. Allons, au revoir, mon brave.

Déçu par la brièveté de cet entretien, je me levai.

— Au revoir, monsieur. Merci bien.

— Oui, au revoir, à un de ces jours.

Je sortis à reculons en faisant des courbettes, le chapeau à plat sur ma poitrine.

VI

Au petit jour, je me rendis à la station de tramways la plus proche de chez moi.

Le vent soufflait avec tant de force que la porte de ma maison claqua toute seule avant que j'eusse le temps de la fermer. Des gouttes plus grosses que les autres tombaient des corniches sur mes mains. La pluie glissait sur les trottoirs, vers la chaussée. Chaque fois que je traversais une rue, le ruisseau trop large à enjamber submergeait un de mes pieds. L'eau qui dégringolait dans des conduites verticales, fixées aux maisons, s'écoulait à terre comme d'un seau plein qui se renverse. Les manches de ma veste ne tardèrent pas à mouiller mes poignets. Mes mains semblaient ne pas avoir été essuyées, après un lavage.

Un tramway vide arriva. Il avait été lavé la nuit. Les ampoules qui l'éclairaient avaient la tristesse des lumières qu'on oublie d'éteindre avant de s'endormir.

Je m'assis dans un coin. Les chaufferettes étaient encore froides. De l'air, filtrant sous une glace, me gelait les mains. La receveuse, immobile au milieu du tramway, bâillait.

— La Motte-Picquet, cria-t-elle.

Le tramway aurait été vide qu'elle eût crié tout de même.

Nous repartîmes. Les portes s'ouvraient toutes seules aux virages. Parfois, les lumières s'éteignaient une seconde. Derrière les glaces mouillées, les rues se tordaient comme dans de l'air chaud.

— Grenelle.

Des ouvriers montèrent. Un bruit mat de sonnette retentit dans l'oreille du wattman. Je pensais à mon lit défait, encore chaud aux pieds, à ma fenêtre fermée et à cette aube que je voyais poindre, les autres jours, entre mes cils, en dormant.

En ce moment, éclairé par sa porte ouverte, M. Lecoin devait se laver.

— Pont Mirabeau.

Deux hommes vinrent s'asseoir en face de moi.

J'étais furieux, car il y avait de la place ailleurs. Ils parlaient comme s'il était midi.

— Avenue de Versailles.

Un ouvrier monta avec un journal qui n'avait pas été plié et dont les nouvelles me parurent trop fraîches.

Le jour se levait. Soudain, la lumière du tramway s'éteignit. Tout changea de couleur. Dans l'embrasure grise des fenêtres, on voyait la pluie.

— Chardon-Lagache.

Je me sentais triste et seul. Tous ces gens savaient où ils allaient. Tandis que moi, je partais à l'aventure.

— Point-du-Jour.

Je descendis. Un filet d'eau tombant du toit du tramway me coula dans le dos. Mes jambes, secouées par le tremblement du tramway, se dérobaient. Ma face, longtemps immobile, s'était raidie. Mon pied gauche était froid.

Le tramway s'en alla, emportant les têtes que je connaissais et ma place vide.

Dans une cabane, deux douaniers qui n'avaient pas dormi, se préparaient à partir.

Pour aller à Billancourt, il faut sortir de Paris.

Je suivis une longue avenue, sans trottoir, bordée de maisons basses.

Il pleuvait toujours. La boue, qui se collait à mes souliers, claquait à chaque enjambée. Derrière un mur, un arbre remuait comme un fourré où il y a quelqu'un. Le vent tournait les feuilles à l'envers. La pluie faisait des bulles sur les flaques.

Un mur entoure l'usine de M. Lacaze. En levant la tête, on voit des cheminées qui ne sont pas de la même grandeur et qui fument.

— Monsieur Carpeaux, demandai-je au portier.

— Monsieur Henri, vous voulez dire.

— Oui.

Le gardien ferma soigneusement la porte de sa guérite – je n'en vis guère l'utilité – et, avant de partir, se mettant dans la peau d'un étranger, il essaya de l'ouvrir.

— Suivez-moi, dit-il sans me regarder.

Il tenait à ce que je comprisse que ce n'était pas par amabilité qu'il me conduisait chez M. Carpeaux, mais parce que c'était son métier.

Il s'arrêta devant un bâtiment que des machines faisaient trembler.

Sans se soucier de moi. il bavarda avec un ouvrier. Puis, subitement, comme si ce n'était pas à cause de moi qu'il se trouvait là, il dit :

— C'est pour monsieur Henri.

On m'introduisit dans une salle de bois blanc. Les murs en étaient couverts d'affiches de pneumatiques.

Bientôt M. Carpeaux apparut.

À l'encontre de ce que je m'étais imaginé, c'était un jeune homme avec une moustache clairsemée comme celle des femmes, quand elles en ont. Il avait des lunettes, couleur teinture d'iode.

Je tendis la carte de M. Lacaze, sur laquelle ces mots étaient écrits :

Mon cher Carpeaux,
Je t'envoie un brave, donne-lui du travail.

— Ah, vous venez de la part de monsieur Lacaze.

— Oui, monsieur.

— Bien, attendez.

Il disparut et revint quelques minutes après.

— C'est entendu, dit-il, vous travaillerez lundi.

— Oh, je vous remercie, monsieur.

— Lundi, à 7 heures.

— Merci, merci, mais vous savez, je ne peux me servir de ma main gauche. J'ai été blessé.

— Allons, vous n'avez pas besoin de votre main gauche pour travailler dans les écritures.

— Je sais, mais je voulais vous le dire.

— Oui, je comprends. Alors, à lundi.

VII

Les journées sont longues quand on n'a rien à faire et, surtout, quand on ne possède que quelques francs.

Comme je m'étais habitué à mon complet, que la pluie en avait déformé les revers et que la boue tachait le pantalon, derrière les mollets, je pus aller manger chez Lucie.

Au régiment, quand on n'est pas présent à la soupe, on vous met votre part de côté. Chez Lucie, c'est la même chose.

Je déjeunai donc très bien.

Quand je sortis du restaurant, il ne pleuvait plus.

Je me dirigeai vers le Palais de Justice, lorsqu'une pensée qui me vint à l'esprit, je ne sais trop comment, me bouleversa. Ma respiration s'arrêta. Mon cœur battit à grands coups dans ma poitrine sans air. Je ne m'aperçus plus que mes pieds étaient mouillés, au bord de la semelle.

Je venais d'avoir eu l'idée d'attendre la fille de M. Lacaze à la sortie du Conservatoire.

Je luttai mollement, pendant quelques minutes, contre cette lubie. Ce fut inutile. La perspective de parler à une jeune fille riche avait trop d'attrait. C'était, dans l'après-midi pluvieuse, comme un rendez-vous attendu depuis plusieurs jours. C'était l'inconnu, l'amour peut-être. Aucun désir physique ne me poussait vers cette jeune fille. D'ailleurs, quand j'aime quelqu'un, je ne songe jamais à la possession. Je trouve que plus elle tarde, plus elle est agréable.

J'errais dans les rues, l'âme joyeuse et vivant seule, sans les yeux. Les parapluies fermés des passants étaient encore luisants. Les trottoirs blanchissaient, le long des murs.

Au-dessus de la porte du Conservatoire, il y a un drapeau.

Il n'était que quatre heures moins le quart.

Pour patienter, je fis les cent pas en pensant à tout ce qui se passerait d'heureux si Mlle Lacaze m'aimait. Il ne faut pas croire que je songeais à sa richesse. Si elle m'offrait de l'argent, je sentais bien que je refuserais avec indignation. Quand elle viendrait dans ma chambre misérable, je serais digne.

Pourtant, je dois dire que si elle avait été pauvre mon amour se serait évanoui. Cela, je ne le comprends pas.

Soudain, un employé ouvrit le deuxième battant de la porte du Conservatoire.

Une minute après, la jeune fille sortait en courant comme une voyageuse qui veut donner son billet la première.

Mon sang coula plus fort aux tempes et aux poignets. Je sentis que là, il faisait des boules dans les veines.

Mlle Lacaze, en passant près de moi, me regarda dans les yeux. Sa bouche remua. Elle m'avait reconnu. Pourtant, elle ne me parla pas.

Je la suivis. Elle était vraiment belle avec ses cheveux dans le dos et sa jupe courte.

Je marchais vite, prêt à ralentir, au cas où elle se fût retournée.

Bientôt, je la dépassais et, ôtant mon chapeau, je la saluai.

Elle ne me répondit pas.

Maintenant, je me trouvais devant elle et, afin qu'elle me rattrapât, je m'arrêtai pour allumer une cigarette.

Un fils de famille que j'avais connu au régiment m'avait dit qu'on accostait les femmes en leur demandant la permission de les accompagner. Je m'apprêtais à mettre ce conseil en pratique, mais, comme elle ne me rejoignit pas, je me retournai.

Elle n'était plus là.

VIII

Le lendemain matin, je m'éveillai en sursaut.

Quelqu'un avait frappé si violemment à ma porte que celle-ci avait craqué comme une caisse pleine qui tombe.

D'abord, je crus rêver. Mais on frappa de nouveau.

Je bondis hors du lit. La frayeur m'empêcha de sentir le froid qui montait dans ma chemise.

— Qui est là ? demandai-je doucement, comme si je dormais encore.

— Moi, Lacaze.

Dire son nom, à haute voix, derrière une porte, ne le gênait pas, lui.

Je regardai le trou de la serrure, m'attendant à voir un œil sans cils, sans paupière.

Mais que venait-il faire chez moi, M. Lacaze ? Peut-être voulait-il vérifier mes dires ; peut-être allait-il m'annoncer une bonne nouvelle.

On frappa de nouveau.

J'aurais pu ouvrir, mais quand je ne suis pas vêtu, je me sens faible.

— Attendez… monsieur… une seconde.

J'ouvris la fenêtre afin de changer l'air. Je l'avais ouverte sans bruit pour que l'industriel ne s'en aperçût pas.

Je mis mon pantalon, ma veste et je me mouillai la figure avec le coin d'une serviette.

Puis, je refermai la fenêtre doucement.

La chemise trop haute dans le pantalon, j'ouvris la porte.

M. Lacaze entra sans ôter son chapeau. La canne de jonc, qu'il tenait dans le dos, cognait les meubles quand il se tournait.

— Vous êtes un sale individu, dit-il en s'arrêtant tout près de moi.

Il savait tout, j'étais perdu. Ne sachant quelle attitude adopter, je fis l'ignorant.

— Vous méritez une correction. Vous n'avez pas honte : suivre une fillette… avec des cheveux dans le dos.

Je balbutiai, ne trouvant rien pour m'excuser.

— Voilà comme on est récompensé quand on fait le bien… Je vous ai donné de l'argent… je vous emploie dans mon usine… merci…

Il était si furieux que je craignais qu'il ne me frappât. J'avais peine à croire que j'étais la cause d'une telle colère.

— Oui… voilà le remerciement. Faites attention à vous, vous ferez connaissance avec la police. Vous êtes un triste sire.

Il sortit enfin, claquant la porte si fort qu'elle ne se ferma pas.

J'entendis ses pas dans l'escalier et, quand le bruit changeait sur les paliers, j'avais peur qu'il ne revînt.

Assis sur le lit, je regardai mon habit neuf, qui n'avait plus de raison d'être, et le désordre de ma chambre dans l'air frais du matin.

J'avais un mal de tête violent. Je songeai à ma vie triste, sans amis, sans argent. Je ne demandais qu'à aimer, qu'à être comme tout le monde. Ce n'était pourtant pas grand-chose.

Puis, subitement, j'éclatai en sanglots.

Bientôt, je m'aperçus que je me forçais à pleurer.

Je me levai. Les larmes séchèrent sur mes joues.

J'eus la sensation désagréable qu'on éprouve quand on s'est lavé la figure et qu'on ne se l'est pas essuyée.

BLANCHE

I

Quand je possède un peu d'argent, je me promène, le soir, rue de la Gaîté.

Cette rue sent, en même temps, la cuisine et la parfumerie.

Les gâteaux y sont moins chers qu'ailleurs. Des fourneaux cuisent trois crêpes à la fois. On descend à chaque instant du trottoir, à cause de la foule. Au milieu de la rue se trouve un commissariat, avec des agents sans képi et des bicyclettes à la porte. Chez les photographes, les têtes se répètent douze fois sur une bande qui a l'air coupée dans un film. Un papetier vend des chansons avec les notes et des cartes postales représentant les monuments de Paris, en été.

Un soir, j'admirais une affiche de cinématographe qui luisait sous de la colle de pâte. Un voyou quelconque avait dessiné une cigarette dans la bouche de l'héroïne. Je déplorais la bêtise des gens, lorsque mes yeux se portèrent sur une femme qui m'examinait, à mon insu.

Devinant que j'avais été observé, je résumai immédiatement dans mon cerveau toutes mes dernières attitudes, afin de m'assurer que je n'avais pas fait un geste inconvenant.

J'étais content. On aime à être épié sans le savoir, surtout quand on a une attitude distraite. Une fois, je me suis reconnu sur une photographie de journal, dans un attroupement. Cela me fit plus de plaisir que le plus bel agrandissement.

Cette femme n'était pas élégante, à cause de ses pieds ; mais il suffit qu'une femme me regarde pour que je lui trouve un charme.

Comme je suis timide, je dus faire des efforts pour ne pas baisser les yeux. Un homme ne doit pas baisser les yeux le premier.

Un monsieur, qui avait une barbiche blanche et un chapeau sur les yeux, regardait aussi cette femme. Il était arrêté. Le poids de son corps portait tantôt sur une jambe, tantôt sur l'autre, comme celui d'un échassier.

Craignant que je ne le précédasse, il s'approcha de l'inconnue, ôta son chapeau comme quelque chose qu'il ne faut pas renverser et murmura des mots que je n'entendis pas.

Je le voyais de dos. Il devait rire ou parler, car les pointes de sa moustache remuaient.

Ah ! si j'avais été à la place de cette femme, comme je l'aurais giflé !

Elle ne le gifla pas, mais elle fit demi-tour. Interloqué, le monsieur posa son chapeau sur sa tête et ne le lâcha que lorsque celui-ci eut retrouvé la position de tout à l'heure, puis, se mettant à l'écart, il fit semblant de renouer son lacet.

À mon tour, je m'approchai de l'inconnue. L'homme est si vaniteux qu'il verrait une femme chasser dix prétendants qu'il lui ferait tout de même la cour.

— Excusez-moi, mademoiselle.

Je me gardai bien de cligner de l'œil.

— Ce monsieur a sans doute été grossier. Je vous parle afin qu'il ne vous importune plus.

— Je vous remercie.

Elle leva la tête. Les yeux et les oreilles étaient à demi dissimulés par le chapeau. Elle avait un nez régulier, des lèvres pâles qui, quand elle entrouvrait la bouche, restaient collées aux coins et sur le menton une mouche qui était bien ronde.

— Ces vieux messieurs sont vraiment impolis.

— Oh ! oui, mademoiselle… et que vous a-t-il dit ?

C'était moins par curiosité que pour prolonger la joie d'avoir été préféré que je questionnais ma voisine.

— Il m'a dit une obscénité.

J'aurais voulu savoir laquelle, mais je n'osais le demander.

— Une obscénité ?

— Oui, il m'a dit une obscénité.

Je m'en doutais. Je remarque souvent ces vieillards frais, sentant la lavande, qui courent les rues. Ils consacrent vingt francs par jour aux femmes. Ils sont libres jusqu'à dix heures. Ils font ce qu'ils veulent, puisque la vie intime ne regarde personne.

— Partons d'ici, voulez-vous, monsieur.

— Oui... oui...

Je regardai à la dérobée les pieds de ma compagne, pour voir si elle était bien chaussée.

C'est curieux, je ressentais près d'elle l'impression étrange que j'avais ressentie, étant soldat, près d'un civil. Sa jupe, sa fourrure, son chapeau, avaient une odeur de liberté. Ses habits n'étaient que des habits. Elle ne devait pas en connaître toutes les taches, tous les plis.

J'aurais été tout à fait heureux si je n'avais pas appréhendé une bizarrerie subite. Les femmes sont si étranges. Ma voisine était capable, tout à coup, au coin d'une rue, de me dire au revoir.

Comme nous ne nous connaissions pas, nous parlâmes, durant une demi-heure, du vieux monsieur.

À la fin, ne sachant plus que dire à son sujet, je demandai :

— Vous êtes peut-être artiste, mademoiselle ?

— Je suis chanteuse.

— Chanteuse ?

— Oui.

Croyant avoir affaire à une actrice connue, je voulus savoir son nom.

— Comment vous appelez-vous ?

— Blanche de Myrtha.

— Myrtha ?

— Oui, avec un i grec.

— C'est sans doute un pseudonyme ?

— Je m'appelle Blanche, mais de Myrtha je l'ai inventé.

Je cherchai dans ma mémoire, avec l'espoir d'avoir lu quelque part ce pseudonyme laborieux.

— Mais ne nous éloignons pas, monsieur. Je passe à dix heures cinq aux Trois Mousquetaires. Vous n'aurez qu'à prendre un bock, en m'attendant.

En imagination, je me vis habiter avec cette femme dans un riche appartement. J'avais un pyjama et des pantoufles dont les semelles propres glissaient sur les tapis.

— Vivez-vous seule ? demandai-je tout de suite, afin de ne pas me faire d'illusions, au cas contraire.

— Oui, monsieur.

— Moi aussi.

Elle se regarda dans une glace fixée à l'intérieur de son sac à main et se poudra les joues avec une houppette minuscule.

— Tenez, monsieur, prenons cette rue, nous serons plus tranquilles pour bavarder.

La rue était éclairée par les boîtes de verre bleu et les enseignes lumineuses des hôtels. De temps en temps, un homme et une femme, ne se tenant pas par le bras, disparaissaient dans un couloir.

Le bras de Blanche, allongé et tendre comme le dos d'une bête, me chauffait les doigts. Son chapeau me frôlait l'oreille. Nos hanches se touchaient.

J'étais heureux. Pourtant, des réflexions ridicules gâtaient ma joie.

Qu'aurait fait Blanche, si nous avions rencontré sa meilleure amie ? M'eût-elle quitté ? Ou bien si, tout à coup, une douleur l'eût empêchée de marcher ? Ou bien encore, si elle avait cassé une vitrine, ou déchiré sa jupe, ou bousculé un passant ?

Je me demande parfois si je ne suis pas fou. J'avais tout pour être heureux et il fallait que des réflexions idiotes vinssent me troubler.

Quand un homme traversait la rue et s'approchait de nous, mon cœur battait. Je sais : j'aurais voulu être seul au monde avec ma compagne.

Je lâchai son bras et je posai ma main sur sa taille, tout doucement, afin de pouvoir la retirer avant qu'elle se fâchât, si cela lui déplaisait.

Elle ne s'emporta pas.

Alors, je ne songeai plus qu'à l'embrasser, mais je n'osais pas en marchant, de crainte de manquer la bouche.

— Arrêtons-nous. Je voudrais vous dire quelque chose.

Ma voix tremblait. Je pris ses mains et je lissai mes lèvres avec les dents.

— Que vouliez-vous me dire, monsieur ?

Je la serrai contre moi. Nos genoux se cognèrent comme des boules de bois. Je fis attention à ne pas perdre l'équilibre, pour ne pas lui marcher sur les pieds.

Puis, subitement, je l'embrassai.

En me redressant, je sentis que mon chapeau déplaçait le sien.

Bien qu'elle le remît rapidement sur les yeux, je devinai que cela l'avait gênée.

Penaud, les bras ballants, je ne savais si je devais de nouveau embrasser ma compagne ou bien m'excuser.

Une femme, belle et jeune, passa près de nous, dans un manteau de fourrure. Je rougis, car je sentis que Blanche était jalouse. Je ne saurais dire pourquoi l'envie, chez la femme, est si laide.

— Vous savez, monsieur, il doit être dix heures. Il faut que j'aille chanter.

— Oui… mais…

— Mais ?

— Je voudrais vous embrasser encore, sans chapeau cette fois.

— Oui, si vous voulez.

Nous nous embrassâmes longuement, tête nue. Je ne reconnaissais pas les yeux de Blanche, trop près des miens.

Elle me repoussa doucement.

— Dépêchons-nous. Je vais arriver en retard.

Serrés comme un couple sous un parapluie, nous revînmes sur nos pas.

Le Café des Trois Mousquetaires était plein. Sur une estrade de bois blanc, un comique chantait.

Des affiches représentaient la chanteuse légère de Myrtha.

Pendant que Blanche gagnait une porte sur laquelle était écrit à la craie : « Réservé aux artistes », je m'assis.

Les consommateurs me regardèrent avec admiration, croyant que j'étais l'amant de la chanteuse.

Un ténor breton succéda au comique. Le pianiste qui avait une belle tête, grâce aux cheveux longs, joua *La Paimpolaise.*

Près de moi, un apache chantait tout seul, la tête baissée. Je voyais dans sa manche, sur son poignet, la moitié d'un tatouage. Plus loin, une femme léchait ses doigts englués par une liqueur.

Puis, Blanche apparut sur l'estrade. Je pensais qu'elle me chercherait des yeux, mais elle n'en fit rien.

Elle chanta trois chansons, une main dans l'autre, et, quand elle eut fini, elle descendit de l'estrade en tenant sa jupe.

Quelques minutes après, elle me rejoignait.

— On va rentrer.

— Vous habitez loin, mademoiselle ?

— Oui, rue Lafayette, au Modern' Hôtel.

II

Une heure après nous entrions dans l'hôtel.

Un valet de chambre dormait, assis dans un fauteuil, les jambes réunies comme si elles étaient liées.

De loin, je me voyais marcher dans une glace, et, pour continuer à me voir, je quittai le tapis.

L'escalier devait être éclairé toute la nuit. Un tapis, maintenu par des tringles de cuivre, lui donnait quelque apparence.

La chambre de Blanche était en désordre. Un mouchoir séchait sur le calorifère. Une chemise pendait à la clef d'un placard.

Au milieu du plafond, il y avait un anneau, sans suspension.

N'osant m'asseoir, ne sachant que faire entre ces quatre murs, j'arpentais la pièce et, chaque fois que je passais devant l'armoire à glace, les cartons la surplombant oscillaient.

Blanche ne sut s'y prendre pour tirer les tentures : les anneaux trop hauts ne glissaient pas sur les tringles. À la fin, elle y parvint.

Puis, sans se soucier de moi, elle se déshabilla : en chemise elle n'eut plus la même tête.

Elle nettoya ses oreilles avec le côté recourbé d'une épingle à cheveux. Elle se lava, mais d'une drôle de façon.

Depuis qu'elle circulait pieds nus, elle faisait des pas plus courts.

Soudain, elle se glissa dans les draps, non sans avoir essuyé la plante de ses pieds sur la descente de lit.

Je m'éveillai au petit jour. Une lumière de rez-de-chaussée pénétrait par la fenêtre. Il pleuvait. J'entendais les gouttes qui tombaient sur les carreaux.

Blanche dormait. Elle prenait presque toute la place dans le lit.

Ses narines et son front luisaient. Sa bouche était entrouverte et ses lèvres, à force d'être séparées, n'avaient plus l'air d'appartenir à la même bouche.

Je regrettais mon lit. J'aurais voulu me lever doucement, m'habiller et partir, dehors, dans la pluie, quitter cette chambre qui sentait notre haleine et les étoffes enfermées.

Le jour commençait à poindre. Je distinguais des habits sur une chaise et des vases inutiles sur la cheminée.

Soudain, les paupières de Blanche se levèrent, découvrant deux yeux morts. Elle marmotta quelques mots, remua les jambes et tira à elle, instinctivement, toutes les couvertures.

Je sortis du lit les cheveux en désordre, la chemise jusqu'à mes genoux trop gros.

Je me lavai à l'eau froide, sans savon, et encore endormi, je me mis à la fenêtre.

Je vis une rue que je ne connaissais pas, des tramways, des parapluies et de grosses lettres dorées contre un balcon.

Le ciel était gris, et quand je levais la tête, des gouttes mouillaient mon front.

— Tu t'en vas, chéri ?

— Oui.

Je m'habillai rapidement.

— Quand pourrai-je te revoir, Blanche ?

— Je ne sais pas.

— Demain ?

— Si tu veux.

J'embrassai ma maîtresse sur le front et je sortis.

L'escalier sentait le chocolat. Je vis un plateau par terre.

Une minute après, j'étais dans la rue.

Jamais je n'ai essayé de revoir Blanche.

I

Le propriétaire m'a donné congé.

Il paraît que les locataires se sont plaints de ce que je ne travaillais pas. Pourtant, je vivais bien sagement. Je descendais doucement l'escalier. Mon amabilité était très grande. Quand la vieille dame du troisième portait un filet trop lourd, je lui aidais à le monter. Je frottais mes pieds sur les trois tapis qui se succèdent avant l'escalier. J'observais le règlement de la maison affiché près de la loge. Je ne crachais pas sur les marches comme le faisait M. Lecoin. Le soir, quand je rentrais, je ne jetais pas les allumettes avec lesquelles je m'étais éclairé. Et je payais mon loyer, oui je le payais. Il est vrai que je n'avais jamais donné de denier à Dieu à la concierge, mais, tout de même, je ne la dérangeais pas beaucoup. Seulement une ou deux fois par semaine, je rentrais après dix heures. Ce n'est rien pour une concierge de tirer le cordon. Cela se fait machinalement, en dormant.

J'habitais au sixième, loin des appartements. Je ne chantais pas, je ne riais pas, par délicatesse, parce que je ne travaillais pas.

Un homme comme moi, qui ne travaille pas, qui ne veut pas travailler, sera toujours détesté.

J'étais, dans cette maison d'ouvrier, le fou qu'au fond, tous auraient voulu être. J'étais celui qui se privait de viande, de cinéma, de laine, pour être libre. J'étais celui qui, sans le vouloir, rappelait chaque jour aux gens leur condition misérable.

On ne m'a pas pardonné d'être libre et de ne point redouter la misère.

Le propriétaire m'a donné congé, légalement, sur papier timbré.

Mes voisins lui ont dit que j'étais sale, fier, et peut-être même, que des femmes venaient chez moi.

Dieu sait comme je suis généreux. Dieu sait toutes les bonnes actions que j'ai faites.

De même que je me rappelle un monsieur qui, quand j'étais petit, me donna quelques sous, de même beaucoup d'enfants se souviendront de moi lorsqu'ils auront grandi, car souvent je leur fais des cadeaux.

C'est une joie immense de savoir que j'existerai toujours dans ces âmes.

Il va falloir quitter ma chambre. Ma vie est-elle donc anormale au point de scandaliser le monde ? Je ne peux le croire.

Dans quinze jours, je serai ailleurs, je n'aurai plus la clef de cette chambre où j'ai vécu trois années, où mes habits de soldat sont tombés, où, démobilisé, j'ai cru que j'allais être heureux.

Oui, dans quinze jours je vais partir. Alors les voisins auront peut-être du remords, car les changements touchent toujours, même les plus insensibles. Ils auront peut-être, une seconde seulement, la sensation d'avoir été méchants. Cela me suffira.

Ils viendront dans ma chambre vide et, comme il n'y aura plus de meubles, ils regarderont dans les placards. Mais ils ne verront rien.

C'est fini. Le soleil ne me dira plus l'heure sur le mur. Le malade qui habite sur mon palier va mourir, quinze jours après mon départ, car il faut qu'il y ait du nouveau. On repeindra quelque chose. Des ouvriers répareront le toit.

C'est curieux comme tout change sans vous.

II

Je n'ai pu trouver de chambre : alors, j'ai vendu mes meubles.

Il est dix heures du soir. Je suis seul, dans ma chambre d'hôtel.

Ah ! quelle joie d'être débarrassé de mes voisins, d'être parti, d'avoir quitté Montrouge.

Je regarde autour de moi, car, après tout, c'est dans cette pièce que je vais vivre. J'ouvre le placard. Il n'y a rien, si ce n'est du papier journal sur les étagères.

J'ouvre la fenêtre. L'air sans mouvement d'une cour n'entre pas. En face, une ombre passe et repasse derrière un rideau. J'entends les roues de fer d'un tramway.

Je reviens au milieu de ma chambre. Maintenant, la bougie bien allumée coule et la flamme immobile ne fume plus.

Une serviette pliée bouche un pot à eau. Un verre coiffe une carafe. Le linoléum, qui se trouve devant la table de toilette, a été décoloré par des pieds mouillés.

Les ressorts du lit-cage luisent. Des voix sonores, que je ne connais pas, s'élèvent dans l'escalier.

Le plâtre des murs est blanc comme le pan de drap rabattu sur les couvertures. Un inconnu remue dans une chambre contiguë.

Je m'assois sur la chaise – une chaise de jardin qui se plie – et je pense à l'avenir.

Je veux croire qu'un jour je serai heureux, qu'un jour quelqu'un m'aimera.

Mais il y a déjà si longtemps que je compte sur l'avenir !

Puis, je me couche – sur le côté droit, à cause du cœur.

Les draps raides sont si froids que je ne m'allonge que tout doucement. Je sens que la peau de mes pieds est rugueuse.

Naturellement j'ai fermé la porte. Pourtant, il me semble qu'elle est ouverte, que n'importe qui va entrer. Par bonheur j'ai laissé la clef dans la serrure : de cette façon personne ne pourra entrer avec une deuxième clef.

J'essaie de dormir mais je pense à mes habits, pliés dans la valise, qui s'y froissent.

Mon lit se chauffe. Je ne remue pas les pieds, afin de ne pas griffer les draps car cela me fait frissonner.

Je m'assure que l'oreille sur laquelle je pèse est bien à plat, qu'elle n'est pas repliée.

Les oreilles écartées sont si laides.

Ce déménagement m'a rendu nerveux. J'ai envie de bouger comme quand je m'imagine que je suis attaché. Mais je résiste : il faut dormir.

Mes yeux, grands ouverts, ne voient rien, pas même la fenêtre.

Je songe à la mort et au ciel, car chaque fois que je songe à la mort je songe aussi aux étoiles.

Je me sens tout petit à côté de l'infini et bien vite j'abandonne ces réflexions. Mon corps chaud, qui vit, me rassure. Je touche avec amour ma peau. J'écoute mon cœur, mais je me garde bien de poser la main sur mon sein gauche car il n'y a rien qui m'effraie tant que ce battement régulier que je ne commande pas et qui pourrait si facilement s'arrêter. Je fais mouvoir mes articulations, et je respire mieux en sentant qu'elles ne me font pas mal.

Ah ! la solitude, quelle belle et triste chose ! Qu'elle est belle quand nous la choisissons ! Qu'elle est triste quand elle nous est imposée depuis des années !

Certains hommes forts ne sont pas seuls dans la solitude, mais moi, qui suis faible, je suis seul quand je n'ai point d'amis.

FIN

Postface

Mes amis. Comme dans *Le Meilleur des mondes* (Aldous Huxley) ou *La Joie de vivre* (Zola), le titre est une antiphrase. Des amis, Victor Bâton n'en a pas. Il est revenu de la guerre comme un poète français né sujet polonais, avec un éclat d'obus dans la chair. Il est invalide, vit de sa pension dans un galetas de Montrouge, prend son café à côté de chez lui, dans un estaminet dont le patron « regrette l'année 1910 ». Le reste du temps, il ne fait pas grand-chose, se promène un peu et s'ennuie.

Il voudrait avoir de l'argent (« le col de fourrure de mon pardessus provoquerait l'admiration, surtout dans les faubourgs »), il voudrait avoir une maîtresse (« nous dînerions dans un restaurant où il y a des nappes et des fleurs sur des tiges inégales »), or il est pauvre (« quelquefois, je mange à la soupe populaire du Ve arrondissement »), il est seul, et surtout, surtout, il n'a pas d'amis.

Il croit en trouver un dans Billard, à qui il offre une cigarette, mais Billard est intéressé : il veut se faire prêter cinquante francs.

Il croit en trouver un dans Neveu, le marinier, mais Neveu est suicidaire : il veut mourir et l'incite à mourir avec lui. Ils auraient pu finir au fond de la Seine (« le marinier emplissait ses poches de cailloux, afin de couler plus vite »), ils finissent au bordel.

Il croit en trouver un dans Lacaze, industriel et philanthrope au petit pied, mais il ne trouve rien de mieux que de suivre sa fille dans la rue.

Le livre s'achève : Bâton n'a pas plus d'amis qu'au début.

Publié en 1924, ce premier roman empreint de légèreté malgré la gravité du sujet, écrit par un tout jeune écrivain (né Bobovnikoff en 1898, Emmanuel Bove vient d'avoir vingt-cinq ans) dans un style neutre, dépouillé, avec une remarquable économie de moyens, nous emmène à la suite de son anti-héros dans une quête de l'amitié à travers les rues de Paris.

Depuis quelques années, des amis, *Mes amis* ne cesse de s'en faire. Ils sont plusieurs – et pas des moindres : Handke, Michon, etc. – à chanter les louanges de ce texte, le plus connu d'un écrivain encore trop méconnu mais régulièrement « redécouvert ». Dans la revue *Décapage*, Jean-Baptiste Gendarme rappelle que si l'on demandait à Samuel Beckett le nom d'un romancier injustement oublié dont il recommanderait la lecture, il répondait : « Emmanuel Bove : il a comme personne le sens du détail touchant. »

Nous pourrions ajouter que comme toutes les grandes œuvres il modifie, fût-ce brièvement, notre rapport au réel : qui sort d'une exposition consacrée à Giacometti moulera en esprit les silhouettes croisées dans la rue à la façon des sculptures de l'artiste ; qui voit *Les Demoiselles d'Avignon* regardera le monde, pendant quelques instants, à la manière d'un cubiste ; qui lit *Mes amis* éprouvera, le temps de sa lecture, une infinie solitude – et se prendra, comme Bâton, à penser que « quand on erre, toute une journée, sans parler, on se sent las, le soir dans sa chambre ».

Mais rapidement Bâton nous irrite.

Il veut des amis, certes, mais il est difficile (« je voulais un ami malheureux, un vagabond comme moi, envers qui on n'est tenu à aucune obligation »). Il ne cesse de se plaindre (« personne n'a jamais répondu à mon amour. Je ne demande qu'à aimer, qu'à avoir des amis et je demeure toujours tout seul »). Il est jaloux : il en veut à Billard d'avoir une femme (« une amitié solide ne pouvait plus nous unir puisqu'une tierce personne la troublerait »), et il espère qu'elle sera laide. Il la voit : elle est belle (« ses cheveux frisés se tordaient, comme si la lumière de la lampe les eût brûlés »). Elle se lève, une « joie folle » s'empare de lui : « J'avais envie de rire, de danser, de chanter : la maîtresse de Billard boitait. » Il est mesquin, donc, mais il essaie quand même de la séduire. Elle ne veut pas de lui. Et quand une femme finalement veut de lui, quand Blanche, la chanteuse, se laisse embrasser, il se refuse à la revoir : Victor Bâton, en vérité, se complaît dans son malheur. Sans amis, il n'est pas grand-chose. Donnez-lui-en : il n'est plus rien parce qu'il n'a plus à se plaindre.

Pendant deux cents pages il cherche des amis, il n'en a pas, il l'a bien cherché. Puis le texte touche à sa fin, et c'est à un personnage de Romain Gary que nous fait penser celui d'Emmanuel Bove. Comme le M. Piekielny de *La Promesse de l'aube*, Victor Bâton est une « souris triste » : « Beaucoup d'enfants, pense Bâton, se souviendront de moi lorsqu'ils auront grandi, car souvent je leur fais des cadeaux. C'est une joie immense de savoir que j'existerai toujours dans ces âmes. » Mais cette souris-là, nous n'avons pas envie de la prendre dans le creux de nos mains. Et si nous devions croiser Victor Bâton dans la rue, s'il nous quémandait un peu d'amitié, nous presserions le pas. Nous lui ferions peut-être l'aumône d'un sourire gêné, puis aussitôt nous fuirions. C'est en cela que la lecture de Bove est terrible : le miroir qu'elle nous tend n'est jamais complaisant. Bâton reste seul. Les autres n'ont pas voulu de lui. Nous ne valons guère mieux que les autres.

François-Henri Désérable, décembre 2017.

PAPIER À BASE DE FIBRES CERTIFIÉES

Le Livre de Poche s'engage pour l'environnement en réduisant l'empreinte carbone de ses livres. Celle de cet exemplaire est de :
200 g éq. CO_2
Rendez-vous sur
www.livredepoche-durable.fr

Composition réalisée par PCA

Achevé d'imprimer en février 2021 en Espagne par
Liberdúplex - 08971 Sant Llorenç d'Hortons
Dépôt légal 1re publication : septembre 2018
Édition : 05 - février 2021
LIBRAIRIE GÉNÉRALE FRANÇAISE
21, rue du Montparnasse – 75298 Paris Cedex 06

36/6402/5